快乐读书 爱上语文

彩绘版 无障碍阅读

天方夜谭

王鸿飞／编译

图书在版编目（CIP）数据

天方夜谭 / 王鸿飞编译 . -- 天津 : 百花文艺出版社, 2017.4 (2024.4 重印)
ISBN 978-7-5306-7219-8

Ⅰ. ①天… Ⅱ. ①王… Ⅲ. ①民间故事-作品集-阿拉伯半岛地区 Ⅳ. ①I371.73

中国版本图书馆 CIP 数据核字(2017)第 057637 号

天方夜谭
TIANFANG YETAN
王鸿飞 编译

出 版 人: 薛印胜
责任编辑: 马　畅
装帧设计: 文贤阁
封面设计: 宋双成
出版发行: 百花文艺出版社
地址: 天津市和平区西康路 35 号　　邮编: 300051
电话传真: +86-22-23332651（发行部）
+86-22-23332656（总编室）
+86-22-23332478（邮购部）
网址: http://www.baihuawenyi.com
印刷: 天津泰宇印务有限公司
开本: 710 毫米×1000 毫米　1/16
字数: 130 千字
印张: 12
版次: 2017 年 4 月第 1 版
印次: 2024 年 4 月第 3 次印刷
定价: 29.80 元

如有印装质量问题, 请与天津泰宇印务有限公司联系调换
地址: 天津市宝坻区马家店工业区建铨道 3 号
电话: (022)59219088　邮编: 301801

名人推荐

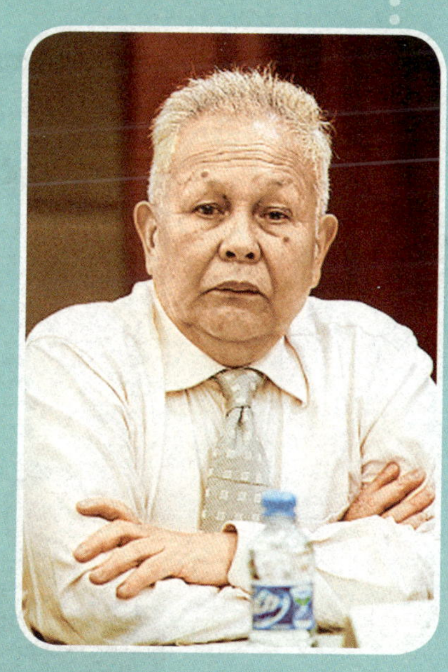

谢冕

1932年生，福建福州人，著名文艺评论家、诗人、作家，北京大学教授、博士研究生导师。曾任北京大学中国语言文学研究所所长，中国新诗研究所所长，《新诗评论》主编。现任中国作家协会全国委员会名誉委员，北京市作家协会名誉副主席，中国当代文学研究会副会长等。1980年他筹办并主持了全国唯一的诗歌理论刊物《诗探索》，并任该刊主编。同时，谢冕参与了北京大学中国当代文学学科建设，建立了该科第一个博士点，他也成为该校第一位指导当代文学的博士生导师。

著有《文学的绿色革命》《中国现代诗人论》《新世纪的太阳》《论二十世纪中国文学》《1898：百年忧患》等专著十余种，另有散文随笔《世纪留言》《流向远方的水》《永远的校园》等。主编《中国百年文学经典文库》(10卷)、《百年中国文学经典》(8卷)等。

推荐寄语

读书是一种接受前人智慧的方式。因为读书，文化得以传承和发扬。读书不仅于个人有益，也于社会发展和人类进步有益。

谢冕

张梦阳 作家、学者，中国社会科学院文学研究所研究员，中国鲁迅研究会副会长。著有《鲁迅杂文研究六十年》（浙江文艺出版社 1986 年出版）、《阿 Q 新论——阿 Q 与世界文学中的精神典型问题》（陕西人民教育出版社 1996 年出版）、《鲁迅对中国人的思维批判》（东方出版社 2011 年出版）等。作品曾获中国社会科学院优秀科研成果奖，其鲁迅研究书系获 1997 年国家图书奖提名奖。

祝晓风 中国社会科学院文学研究所编审，中华文学史料学学会近现代史料学分会副会长，南开大学教授，文学博士。曾任光明日报社主任编辑，《中华读书报》编辑部主任，中国社会科学杂志社编审、编辑中心主任，《中国社会科学报》第一届编委，《中国社会科学报》常务副主任。著有《读书无新闻》（东方出版社 2006 年出版）、《有声与无声之间》（中国社会科学出版社 2011 年出版）等。

刘培 山东大学文史哲编辑部教授、博士生导师，文学博士。2002 ~ 2004 年在南京师范大学博士后流动站工作。2009 年入选教育部新世纪优秀人才支持计划。著有《北宋辞赋研究》（山东人民出版社 2009 年出版）。在《文学评论》《文学遗产》《文艺研究》《北京大学学报》《南开学报》《四川大学学报》《江海学刊》等学术期刊发表论文 50 余篇。

杜语 线装书局出版中心副主任、第一编辑室主任、副编审、历史学博士。于 2009 ~ 2010 年在美国克莱姆森大学中国研究中心做访问学者。著有《开埠史话》（社会科学文献出版社 2000 年出版）、《英雄论英雄》（中国城市出版社 2003 年出版）、《挑战千年变局》（中国社会科学出版社 2010 年出版）等。在《中国社会科学院研究生院学报》《中国教育报》《中国农民报》《中国改革报》《人民论坛》等报刊发表论文、通讯、高层访谈等数十篇。

杨东林 文学博士，深圳大学文学院党委书记、中文系副教授。主要从事中国古代文学和古代文论方面的教学研究，在《文学评论》《文史哲》等刊物发表学术论文多篇。

郭灿金 历史作家，文学博士，河南大学副编审。著有《中国人最易误解的文史常识》（中国书籍出版社 2006 年出版）、《大唐盛世最有争议的 30 个人》（中国书籍出版社 2008 年出版）、《郭灿金读史》（长江出版集团 2009 年出版）、《史记（注译）》（中州古籍出版社 2010 年出版）等。其中，《趣读史记》系列 2007 年多次进入新浪畅销书排行榜前十名；《中国人最易误解的文史常识》曾获由中国书刊发行业协会主办的“2007 年度全行业优秀畅销品种”称号。

宋永健 北京市海淀区语文骨干教师，首都师范大学第二附属中学教师。致力于中、高考研究和教育科学研究工作，所写教学案例、教学设计多次荣获市、区级奖励。

高凤香 陕西省杨凌中学高级语文教师，杨凌作家协会副主席，《杨凌文苑》杂志副主编。著有《新课程下创新教学探析》（万卷出版公司 2013 年出版）、《温一壶月光》（敦煌文艺出版社 2013 年出版）等。

序言

XU YAN

苏联教育家苏霍姆林斯基曾说过："让孩子变聪明的方法，不是补课，不是增加作业量，而是阅读，阅读，再阅读。"

如果说文化是人类的一份精神遗产，那么阅读就是开启这份遗产的金钥匙。在这种美好的感情和这块灿烂的文明沃土上，优秀的文学名著传达着人类对生命、对历史、对未来的憧憬和思考，其闪耀的智慧穿越古今中外，经过岁月的磨砺，升华成今天的经典。阅读美好的有价值的文学名著，是了解社会、认知自我的有效途径。

让我们一起阅读《论语》《诗经》，阅读《红楼梦》，阅读《雾都孤儿》，阅读《安徒生童话》……日不间断，我们也许会因为书中一段华丽的诗句而激扬，也许会为某个主人公的坎坷遭遇而落泪……任思绪随着书中动人的故事飘飞。阅读的过程就是励志、炼心、启智的过程。水滴石穿，绳锯木断。天长日久，积累的是知识，培养的是情感，塑造的是品格，净化的是灵魂……

本套书考虑各年龄段读者诵读古诗文、现代文学作品，以及外国文学作品等的阅读习惯，设置了知识链接、专家解疑、智慧引路、名家导读、哲理名言、名师点拨、好词好句、阅读思考、名家品评、重点测试等栏目。全套书图文并茂，精美的彩色插图，令经典的情节完美呈现，让读者在阅读文字的同时，感受具体的情景描述，增加阅读的乐趣。

畅读经典文学名著，启迪智慧，唤醒心灵

知识链接

作品速览

《天方夜谭》是著名的阿拉伯古代民间故事集，又名《一千零一夜》，在西方又被称为《阿拉伯之夜》。在中国古代称阿拉伯国家为“天方之国”，“夜谭”释为故事，“天方夜谭”即阿拉伯的故事。仅仅是“天方夜谭”这个名字就充满了神秘色彩和异域风情，吸引了一代又一代的读者。

这本书的思想从以下几个方面体现：

第一，深刻地反映社会中尖锐的阶级对立，揭露当时统治者的残暴与罪恶。如《一个女人和五个男人的故事》中，国王、宰相、法官、警察署长和木匠，他们分别处在不同的阶级，却都企图调戏故事中的妇人，这个故事表达了对剥削压榨劳苦人民的统治阶级的憎恶和反抗。

第二，描绘劳动人民的生活，对他们的优秀品德、聪明才智和斗争精神进行赞颂。如《阿里巴巴和四十大盗》、《巴格达的渔夫哈利法》等，这两个故事中，主人公阿里巴巴和哈利法都是出身贫苦的穷苦人，但是他们却忠实、善良，最终都摆脱了贫苦，过上了美好的生活。

第三，表现劳动人民追求美好生活的愿望，特别是对忠贞不渝的爱情的向往。如《聂尔曼和努尔美的故事》中，聂尔曼和努尔美真心相爱，

·9·

知识链接

全面熟悉文学作品内容，快速掌握相关的文学文化常识。

幸福，就这样一直过了七年。

「智慧引路」和女王结婚后幸福无忧的生活也没能抵挡住青年内心的好奇，他还是打开了女王禁止他打开的那道门。其实在我们的生活中也有这么一道道无形的门，若是罪恶之门，就坚决不能打开。

七年后的一天，他想起女王曾经告诉他的那道门，自语道：“门里面肯定藏着极为精美的宝贝，否则的话，怎么会不让我开那道门呢？”于是他下了决心，走过去，坚决打开了那道房门。但他进去看了看，却什么宝贝都没有，里面只关着一只七年前把他抓到岛上的那只雕。

大雕看见他进来了，对他说道：“不听忠告的倒霉家伙啊！你不会再受到欢迎了。”

听了它的话，青年回头就往外逃，大雕很快就赶上他并抓住了他，飞腾入空，飞了一个钟头左右，把他扔在了一处海滨，就是七年前他待过的那个海岸。做完了这一切之后，大雕就展翅离去了。

「专家解疑」发号施令：发布命令；下达指示（多含贬义）。

身在海滨的青年醒过来以后，独自坐在海边，回忆着在女王宫里发号施令的荣耀和掌控天下的喜悦，不住地后悔伤心。他热切盼望能够回到妻子那里去，于是他一直待在海边苦苦观望，一直等了两个月，却什么结果也没有。有一天深夜，他非常忧愁，失眠一直缠绕着他。忽然他听到一个声音对他说话，他不知道声音是从什么地方传来的，那个声音对他道：“你以后只能忧愁了，失去的东西想要再得到，哪有那么容易啊！”

「哲理名言」失去的东西想要再得到，哪有那么容易啊！

听了那几句话之后，他明白自己已经没有希望回到以前与女王重叙旧情了，便非常伤心，悲哀不已。虽然这样，

166

智慧引路

开启智慧的大门，引领前行，深入思考。

名家导读

名家引路，撷取文章精华，提炼中心思想。

哲理名言

一句名言可以影响人的一生。

专家解疑

专家智慧解答，排难解疑，扫除阅读障碍。

阿里巴巴和四十大盗

很久以前，有一个贫苦的砍柴人叫阿里巴巴。一天，他去山上砍柴时碰到了四十个强盗，并意外地得知了强盗们藏宝藏的山洞以及打开洞门的咒语。强盗走后，阿里巴巴利用咒语开启了洞门并拿出了好多金币。但是这件事情却因为他哥哥戈西母的贪心而被强盗们发现，于是阿里巴巴在女仆马尔基娜的帮助下和四十大盗开始了一次又一次的斗智斗勇。开洞的咒语是什么？马尔基娜是如何帮助阿里巴巴的？接下来就让我们一起去看看吧。

很久以前，在波斯国的一座城市里住着兄弟俩，哥哥叫戈西母，弟弟叫阿里巴巴。父亲去世后，他俩把父亲的财产分完后就分家自立，各谋生路。不久，父亲的遗产便花光了，生活越来越艰难。为了解决生计，养家糊口，兄弟俩不得不日夜奔波，吃尽苦头。

「专家解疑」生计：维持生活的办法；衣、食、住、行等方面的情况。

幸运的是，戈西母娶了一个富商的女儿，并继承了岳父的产业，逐渐走上做生意的道路。由于头脑灵活，

1

的帮助下，顺利地来到阿里巴巴的家门前。他吸取前两个匪徒的教训，不再做任何记号，只是把那住宅的坐落和四周的景象记在心里，然后他马上赶回山洞，对匪徒们说：“那个地点我已铭刻在心里，下次去找就很容易了。现在你们马上给我买十九匹骡子和一大皮袋菜油，以及形状、体积一致的瓦瓮三十八个。再把这些瓮绑在驮子上，用十九匹骡子驮着，每匹骡子驮两个瓮。我扮成卖油商人，趁天黑时到那个坏蛋的家门前，求他容我在他家暂住一宿。然后，到晚上我们一起动手，结果他的性命，夺回被盗窃的财物。”

「专家解疑」瓮（wèng）：一种盛东西的容器，腹部较大。

他提出的方案博得了匪徒们的拥护，他们一个个怀着喜悦的心情，分头前去购买骡子、皮囊、瓦瓮等物。经过三天的奔波，所需要的东西全部备齐了，还在瓦瓮的外表涂上一些油腻。他们在匪首的指挥下，拿菜油灌满一个大瓮，全副武装的匪徒分别潜伏在三十七个瓮中，用十九匹骡子驮运。匪首扮成商人，赶着骡子，大模大样地运油进城，趁天黑时赶到阿里巴巴家门外。阿里巴巴刚吃过晚饭，还在屋前散步。匪首趁机走近他，向他请安问好，说道：“我是从外地进城来贩油的，经常到这里来做生意。今天太晚了，我找不到合适的住处，恳求您发发慈悲，让我在您院中暂住一夜吧，也好减轻一下牲口的负担，当然也麻烦您为它们添些饲料充饥。”

「名师点拨」这次强盗们准备得非常充分，计划也很周密，他们个个心狠手辣，又是全副武装，如果跟他们正面交手，阿里巴巴很难取胜。

24

名师点拨

优秀名师领航，荟萃知识要点，轻松掌握重点、难点。

轻松提升语文水平，素质阅读，拓展思维

『好词好句』
翩翩起舞
精彩
•在主人的鼓励和客人的赞赏下，他们两个又兴致勃勃地跳了起来。
•正当他们看得出神的时候，马尔基娜突然抽出匕首，握在手里，从这一边旋转到另一边，做出许多优美的舞姿。

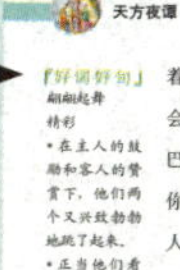

着手鼓，马尔基娜就开始翩翩起舞。两个婢仆表演了一会儿，就停下休息，准备集中精神，继续表演。阿里巴巴很感兴趣，让他俩随便怎么表演，并吩咐道："现在你们随意歌舞吧，最好能表演一些更精彩的节目，让客人高兴愉快。"

"太感谢你了，我的主人！你这样的热情，我简直太高兴了。"盖勒旺吉·哈桑表示衷心感谢。

在主人的鼓励和客人的赞赏下，他们两个又兴致勃勃地跳了起来，而且劲头越来越大，给主人和客人以欢乐的感受。正当他们看得出神的时候，马尔基娜突然抽出匕首，握在手里，从这一边旋转到另一边，做出许多优美的舞姿。这时候，她把锐利的匕首紧贴在胸前，突然停顿下去，右手把阿卜杜拉的手鼓拿过来，继续旋转着。按喜庆场合的惯例，这应该是向在座的人讨要赏钱。她最先停在主人阿里巴巴面前，主人往手鼓中扔了一枚金币，他的侄子也同样扔进一枚金币。盖勒旺吉·哈桑看到马尔基娜舞近时，正想给赏钱，这时马尔基娜鼓足勇气，猛地就把匕首刺进了盖勒旺吉·哈桑的心窝，一下子就结果了他的性命。

『专家解疑』
惯例：①一向的做法；常规。②司法上指法律没有明文规定，但过去曾经施行，可以仿照办理的做法或事实。

阿里巴巴大吃一惊，骂道："你这是干什么呀？你这是要毁了我一生！"

38

图文并茂

精美的彩色插图，令经典的情节完美呈现，让读者在阅读文字的同时，感受具体的情景描述，增加阅读的乐趣。

他的心思，边想道："绝不能让这个恶棍有逞凶的机会。我不仅要挫败他的阴谋诡计，还要借机会结果他的性命。"忠实可靠的马尔基娜脱掉衣服，换上一身舞衣似的服装，头上缠了一块鲜艳的头巾，脸上罩一方昂贵的面纱，腰上束一块织锦围腰，围腰下面挂着一把柄上镶嵌金银宝石的匕首。打扮完之后，她吩咐阿卜杜拉："带上手鼓，咱俩一块上客厅去，为尊敬的老爷和客人表演吧。"

『专家解疑』
挫败：①挫折与失败。②使受挫失败。

阿卜杜拉按照马尔基娜的安排，带上手鼓，跟她来到客厅。阿卜杜拉敲

37

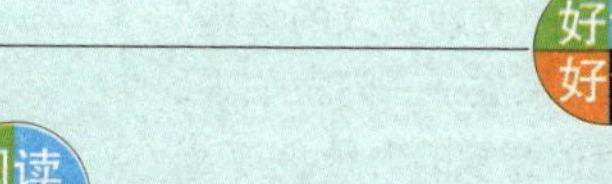

好词好句

内涵丰富的好词佳句，一扫平淡，扩大知识面，轻松掌握语文知识中字词句的要义。

阅读思考

根据内容提出探索性问题，强化对文章内容的理解。

重点测试

精选重点内容、核心试题，巩固阅读，考查阅读、分析、思考问题的能力。

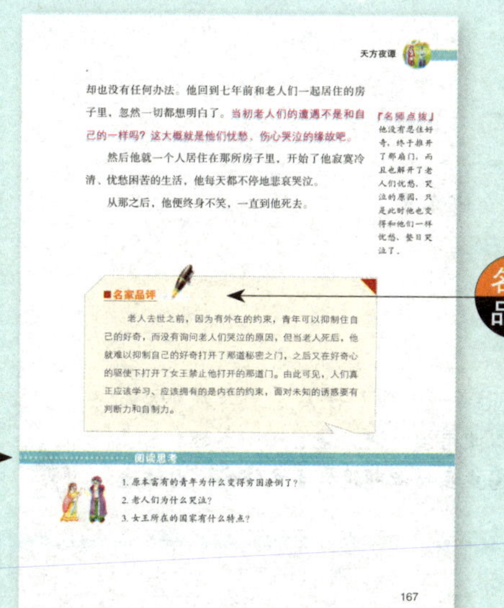

却也没有任何办法。他回到七年前和老人们一起居住的房子里，忽然一切都想明白了。当初老人们的遭遇不是和自己的一样吗？这大概就是他们忧愁、伤心哭泣的缘故吧。

然后他就一个人居住在那所房子里，开始了他寂寞冷清、忧愁困苦的生活，他每天都不停地悲哀哭泣。

从那之后，他便终身不笑，一直到他死去。

『名师点拨』
他没有忍住好奇，终于推开了那扇门，而且也解开了老人们忧愁、哭泣的原因，只是此时他也变得和他们一样忧愁、整日哭泣了。

■名家品评

老人去世之前，因为有外在的约束，青年可以抑制住自己的好奇，而没有询问老人们哭泣的原因，但当老人死后，他就难以抑制自己的好奇打开了那道秘密之门，之后又在好奇心的驱使下打开了女王禁止他打开的那道门。由此可见，人们真正应该学习、应该拥有的是内在的约束，面对未知的诱惑要有判断力和自制力。

阅读思考

1. 原本富有的青年为什么变得穷困潦倒了？
2. 老人们为什么哭泣？
3. 女王所在的国家有什么特点？

167

名家品评

名家点评，深层解读，全面提升学生理解能力与思悟能力。

重点测试

一、填空题

1.《阿里巴巴和四十大盗》中开启藏宝洞门的咒语是________。

2. 阿里巴巴在________的帮助下战胜了四十大盗。

3. 在《一个女人和五个男人的故事》中，妇人把________、________、________、________和________分别锁进了五层柜橱里。

4. 哈扎兹撒谎说努尔美是他花________金币买下的女奴。

5. 哈利法第一次遇见国王时，把他当成了一个________。

二、选择题

1. 在《三个苹果的故事》中，杀死那个女人的是（ ）。

A. 黑奴雷汉　B. 黑奴雷汉的朋友
C. 那个女人的丈夫　D. 那个女人的父亲

2. 哈利法总共抽了（ ）次签。

A.1　B.2
C.3　D.4

168

本书文学地位

《一千零一夜》(又译为《天方夜谭》)仿佛一座宝山，你走了进去，总会发现你所喜欢的宝贝。虽然故事是一个长故事，但是我们若掐头去尾，单单取中间包孕着最小的一个故事来看，也觉得完整美妙，足以满意。这譬如一池澄净的水，酌取一勺，一样会尝到甘美的清味。

——著名作家、教育家　叶圣陶

在民间文学的鸿篇巨制中，《一千零一夜》(又译为《天方夜谭》)是最壮丽的一座纪念碑。这些故事极其完美地表现了劳动人民的意愿——陶醉于“美妙诱人的虚构”之中，流畅自如的语句表现了东方各民族——阿拉伯人、波斯人、印度人——美丽幻想所具有的豪放的力量。

——苏联著名的作家、诗人　高尔基

我读了《一千零一夜》(又译为《天方夜谭》)四遍之后，算是尝到故事体文艺的滋味了。

——法国著名启蒙学者　伏尔泰

我希望上帝使我忘记《一千零一夜》(又译为《天方夜谭》)的故事情节，以便再读一遍，重温书中乐趣。

——法国杰出的批判现实主义作家　司汤达

作品速览

《天方夜谭》是著名的阿拉伯古代民间故事集，又名《一千零一夜》，在西方又被称为《阿拉伯之夜》。在中国古代称阿拉伯国家为“天方之国”，“夜谭”释为故事，“天方夜谭”即阿拉伯的故事。仅仅是“天方夜谭”这个名字就充满了神秘色彩和异域风情，吸引了一代又一代的读者。

这本书的思想从以下几个方面体现：

第一，深刻地反映社会中尖锐的阶级对立，揭露当时统治者的残暴与罪恶。如《一个女人和五个男人的故事》中，国王、宰相、法官、警察署长和木匠，他们分别处在不同的阶级，却都企图调戏故事中的妇人，这个故事表达了对剥削压榨劳苦人民的统治阶级的憎恶和反抗。

第二，描绘劳动人民的生活，对他们的优秀品德、聪明才智和斗争精神进行赞颂。如《阿里巴巴和四十大盗》、《巴格达的渔夫哈利法》等，这两个故事中，主人公阿里巴巴和哈利法都是出身贫苦的穷苦人，但是他们却忠实、善良，最终都摆脱了贫苦，过上了美好的生活。

第三，表现劳动人民追求美好生活的愿望，特别是对忠贞不渝的爱情的向往。如《聂尔曼和努尔美的故事》中，聂尔曼和努尔美真心相爱，彼此忠贞不渝，最终得到了英明的哈里发国王的成全。

第四，讲述商人的冒险生活和思想感情故事。如《偷走狗食盆的人》，在这个故事中，一个可怜人因为一个狗食盆而慢慢发迹成为富裕的商人，而狗食盆的主人却变得穷困潦倒，神奇的境遇发人深思。

《天方夜谭》在世界文学史上一直占据着重要地位，很多文学大师的作品与思想都受到过它的影响。全书故事共二百多个，采用大故事套小故事的形式。本书所选的故事均为其中脍炙人口的名篇，如《阿里巴巴和四十大盗》、《聂尔曼和努尔美的故事》等。无论是对成年读者还是青少年读者，这都是一本增长见识、丰富想象、启迪智慧、提升思想的好书。

作者介绍

这部杰作充满梦幻的诞生过程可谓是妇孺皆知：

相传古代印度与中国之间有一个萨桑国，国王山鲁亚尔生性残暴嫉妒，因王后行为不端，将其杀死。此后每日娶一少女，翌日早晨便杀掉，以示报复。国王这样的行为持续了三个年头，他杀掉了一千多个女子。后来宰相再也无法为国王找到新娘了，宰相的女儿山鲁佐德为拯救无辜的女子，自愿嫁给国王。聪明的山鲁佐德用讲故事的方法吸引国王，每夜讲到最精彩处，天刚好亮了，使国王爱不忍杀，允许她下一夜继续讲。她的故事一直讲了一千零一夜，国王最终被感动了。国王命人将这些故事记录下来，永远保存，于是就有了这本书。

当然，这只是一个美丽的传说，实际上，这本书并不是出自哪一位作家之手，而是中东地区广大市井艺人和文人学士在几百年的时间里经收集、提炼和加工而成的，充分反映了阿拉伯地区劳动人民的聪明才智，是阿拉伯古代民间口头创作的丰碑。

创作背景

《天方夜谭》虽然是以说书的形式口头流传，但实际上却是与中世纪阿拉伯文人文学同步发展的。它的故事最早源于一部名叫《赫扎尔·艾福萨纳》(即《一千个故事》)的波斯故事集，而这个故事集中的许多故事来源于印度。公元9世纪时，尤其是在阿拔斯王朝时期，是阿拉伯帝国的全盛时期，它横跨亚洲、欧洲和非洲，有着独特而辉煌的文化。当时阿拉伯国内政治安定、经济繁荣、文化昌盛，首都巴格达更是商贾云集，是当时最大的商贾中心，于是，皮影戏、木偶戏等民间艺术及以说唱为生的民间艺人应运而生。此时，《天方夜谭》中的故事不仅在民间口口相传，也开始出现最早的手抄本，多方面地、广泛地反映了古代阿拉伯以及周边国家与地区的社会现实，对当时的统治者进行批判，赞扬劳动人民的优秀品德。

《天方夜谭》从9世纪开始，经中东地区广大市井艺人和文人学士的搜集整理，约八百八十年，出现了最早的手抄本，至16世纪结成集子，到了18世纪，传播至欧洲、亚洲许多国家，对世界文学和艺术具有极其重要的影响。

主角秀场

● 阿里巴巴

出现于《阿里巴巴和四十大盗》中，他出身贫苦，以砍柴为生，为人忠厚善良、慷慨大度，无意中得知了强盗们藏宝藏的洞门以及开门的咒语，在与四十大盗数次的斗智斗勇中，得到了女奴马尔基娜的帮助，并最终战胜了他们。

● **马尔基娜**

出现于《阿里巴巴和四十大盗》中，原本是戈西母家的女奴，戈西母死后，成为阿里巴巴的女奴。她机智勇敢、忠心耿耿，数次识破强盗的诡计，帮助主人阿里巴巴战胜谋害他的强盗们，最后嫁给了阿里巴巴的侄子。

● **哈里发**

出现于《三个苹果的故事》、《聂尔曼和努尔美的故事》和《巴格达的渔夫哈利法》中，他是一位关心百姓疾苦、赏罚分明、政治清明的明君。在《三个苹果的故事》中惩罚了酿成惨剧的罪魁祸首，在《聂尔曼和努尔美的故事》中成全了聂尔曼和努尔美这对有情人，在《巴格达的渔夫哈利法》中赏赐了给大家带来快乐的哈利法。

● **聂尔曼**

出现于《聂尔曼和努尔美的故事》中，是一名富翁的儿子，努尔美的丈夫，他执着、坚强、对爱情忠贞不渝，为了寻找努尔美历尽艰辛。

● **努尔美**

出现于《聂尔曼和努尔美的故事》中，跟聂尔曼一起长大的女奴，后来成为聂尔曼的妻子，她善良、美丽，对爱情忠贞不渝，历尽磨难后又跟聂尔曼重新在一起。

● **哈利法**

出现于《巴格达的渔夫哈利法》中，他是一个穷困潦倒的渔夫，生性善良、乐观，机缘巧合下认识了哈里发国王，并救出他的宠妃，最终受到国王的赏赐而成为一个尊贵的人。

作品影响

《天方夜谭》是少年儿童不可多得的、百读不厌的世界名著。

《天方夜谭》自出版至今，在全世界范围内广为流传，并以它独特的艺术魅力受到各国读者的喜爱。它是世界文学宝库中一串璀璨的明珠，是全人类的共同财富。

《天方夜谭》不仅是阿拉伯古代民间口头创作的丰碑，也是民间文学登上世界文学高峰的杰出代表。它促进了欧洲的文艺复兴和近代自然科学的建立，对世界文学和艺术具有极其重要的影响。

目录

Contents

阿里巴巴和四十大盗

很久以前，有一个贫苦的砍柴人叫阿里巴巴。一天，他去山上砍柴时碰到了四十个强盗，并意外地得知了强盗们藏宝藏的山洞以及打开洞门的咒语。强盗走后，阿里巴巴利用咒语开启了洞门并拿出了好多金币，但是这件事情却因为他哥哥戈西母的贪心而被强盗们发现，于是阿里巴巴在女仆马尔基娜的帮助下和四十大盗开始了一次又一次的斗智斗勇。开洞的咒语是什么？马尔基娜是如何帮助阿里巴巴的？接下来就让我们一起去看看吧。

很久以前，在波斯国的一座城市里住着兄弟俩，哥哥叫戈西母，弟弟叫阿里巴巴。父亲去世后，他俩把父亲的财产分完后就分家自立，各谋生路。不久，父亲的遗产便花光了，生活越来越艰难。为了解决生计，养家糊口，兄弟俩不得不日夜奔波，吃尽苦头。

「专家解疑」
生计：维持生活的办法；衣、食、住、行等方面的情况。

幸运的是，戈西母娶了一个富商的女儿，并继承了岳父的产业，逐渐走上做生意的道路。由于头脑灵活，

「名师点拨」阿里巴巴和戈西母本来是亲兄弟，应该互帮互助、相亲相爱才是，但是，通过这段话我们可以看出，他们的关系并不亲密，富裕的哥哥和贫穷的弟弟形成了鲜明的对比。

「专家解疑」弥(mí)漫:(烟尘、雾气、水等)充满;布满。
拔腿:①迈步。②抽身;脱身。

生意发展迅速，戈西母很快就成为远近闻名的大富商。阿里巴巴却娶了一个穷苦人家的女儿，夫妻俩过着清贫的生活。除了一间破屋外，家里所有家当就只剩下三头毛驴了。阿里巴巴以打柴为生，每天赶着毛驴到丛林中砍柴，再驮着柴到集市去卖，借此维持全家人的生计。

有一天，阿里巴巴赶着三头毛驴上山去砍柴，他把砍下的枯树和干木柴收集起来，捆绑成驮子，让毛驴驮着。砍完柴准备下山的时候，突然远处出现一股烟尘，弥漫着直向上空飞扬，朝他这儿卷过来，而且越来越近。靠近以后，他才看清原来是一支马队，正急速向这个方向冲来。

阿里巴巴心里非常害怕，以为是碰到了一伙歹徒，担心毛驴会被抢走，而且自身也会性命难保。他内心充满恐惧，想拔腿逃跑，但是由于那帮人马走得非常快，离这里越来越近，他想逃出森林，已经不可能了，唯一的办法就是把驮着柴火的毛驴赶到丛林的小道里，自己躲到一棵大树上。

那棵大树旁边有一个巨大险峭的石头。他把自己藏在茂密的枝叶间，从那里可以看清楚下面的一切，而下面的人却看不见他。

这时候，那帮人马已经跑到那棵树旁，勒马停步，在大石头前站定。他们共有四十人，一个个年轻力壮，

行动敏捷。阿里巴巴仔细打量，看起来，这是一伙拦路抢劫的强盗，显然是刚刚抢劫了满载货物的商队，到这里来分赃的，或者准备将抢来之物隐藏起来。

阿里巴巴心里这样想着，决定探个究竟。

匪徒们在树下拴好马，取下沉甸甸的鞍袋，里面显然装着金银珠宝。

这时，一个首领模样的人背负沉重的鞍袋，从丛林中一直来到那个大石头跟前，喃喃地说道："芝麻，开门吧！"随着那个头目的喊声，大石头前突然出现一道宽阔的门路，于是强盗们鱼贯而入。那个首领走在最后。

首领刚进入洞内，那道大门便自动关上了。

由于洞中有强盗，阿里巴巴躲在树上窥探，不敢下树，他怕他们突然从洞中出来，自己落到他们手中，会遭到杀害。最后，他决定偷一匹马并赶着自己的毛驴溜回城去。就在他刚要下树的时候，山洞的门突然开了，强盗头目首先走出洞来，他站在门前，清点他的喽啰，见人都已出来，便开始念咒语，说道："芝麻，关门吧！"

随着他的喊声，洞门自动关了起来。

经过首领的清点、检查后，没有发现问题，喽啰们便各自走到自己的马前，把空了的鞍袋提上马鞍，接着一个个纵身上马，跟随首领，扬长而去。

阿里巴巴待在树上观察他们，直到他们走得无影无

「专家解疑」

分赃：①分取赃款、赃物。②泛指分取不正当的权利或利益。

喽(lóu)啰(luo)：旧时称强盗头目的部下，现多比喻追随恶人的人。

「名师点拨」

这块大石头不但有门，而且还是通过念咒语来开启的，而这一幕正好被藏在树上的阿里巴巴看到，使整个故事充满了神秘感，也给读者留下悬念，引导读者继续向下阅读。

踪之后，才从树上下来。当初他之所以不敢贸然从树上下来，是害怕强盗当中会有人突然又返回来。

此刻，他暗自说道："我要试验一下这句咒语的作用，看我能否也将这个洞门打开。"于是他大声喊道："芝麻，开门吧！"他的喊声刚落，洞门立刻打开了。

他小心翼翼地走了进去，举目一看，那是一个有穹顶的大洞，从洞顶的通气孔透进的光线，犹如点着一盏灯一样。开始，他以为既然是一个强盗穴，除了一片阴暗外，不会有其他的东西。可是事实出乎他的意料，洞中堆满了财物，让人目瞪口呆。一堆堆的丝绸、锦缎和绣花衣服，一堆堆彩色毡毯，还有多得无法计数的金币银币，有的散堆在地上，有的盛在皮袋中。猛一下看见这么多的金银财宝，阿里巴巴深信这肯定是一个强盗们数代经营、掠夺所积累起来的宝库。

阿里巴巴进入山洞后，洞门又自动关闭了。

他无所顾虑，满不在乎，因为他已掌握了这道门的启动方法，不怕出不了洞。他对洞里的珠宝并不感兴趣，他迫切需要金钱。因此，考虑到毛驴的运载能力，他想好，只弄几袋金币，捆在柴火里面，扔上驴子运走。这样，人们不会看见钱袋，只会仍然将他视作砍柴度日的樵夫。

想好了这一切，阿里巴巴才大声说道："芝麻，开门吧！"

「好词好句」

小心翼翼

目瞪口呆

*那是一个有穹顶的大洞，从洞顶的通气孔透进的光线，犹如点着一盏灯一样。

*一堆堆的丝绸、锦缎和绣花衣服，一堆堆彩色毡毯，还有多得无法计数的金币银币，有的散堆在地上，有的盛在皮袋中。

「专家解疑」

满不在乎：完全不放在心上。

「名师点拨」阿里巴巴看到一堆堆的财物后，并没有忘乎所以，他考虑得很充分，做起事来也有条不紊，很快就将金币带出来了。

「专家解疑」铤(tǐng)而走险：指因无路可走而采取冒险行动。

见利忘义：见有利可图就不顾违背道义。

眼花缭乱：眼睛看见复杂纷繁的东西而感到迷乱。

量器：测量重量、容器等的器具，如量杯、量筒、量瓶等。

随着声音，洞门打开了，阿里巴巴把收来的金币带出洞外，随即说道："芝麻，关门吧！"

洞门应声关闭。

阿里巴巴驮着金钱，赶着毛驴，很快返回城中。到家后，他急忙卸下驮子，解开柴捆，把装着金币的袋子搬进房内，摆在老婆面前。他老婆看见袋中装的全是金币，便以为阿里巴巴铤而走险抢了人，所以开口便骂，责怪他不该见利忘义，去做坏事。

"难道我是强盗？你应该知道我的品性。我从不做坏事。"阿里巴巴申辩几句，然后把山中的遭遇和这些金币的来历告诉了老婆，之后就把金币倒了出来，一股脑儿堆在她的面前。

阿里巴巴的老婆听了，惊喜万分，光灿灿的金币使她眼花缭乱。她一屁股坐下来，忙着去数那些金币。阿里巴巴说："瞧你！这么数下去，什么时候才数得完呢？若是有人闯进来见到这种情况，那就糟糕了。这样吧，我们先把这些金币埋藏起来。"

"好吧，说干就干。但是我还是要量一量这些金币到底有多少，心里也好有个数。"

"这件事是值得高兴，但你千万要注意，别对任何人说，否则会引来麻烦的。"

阿里巴巴的老婆急忙到戈西母家中借量器。戈西母不在家，她便对他老婆说：“嫂嫂，能把你家的量器借我用一下吗？”

“行啊，不过你要借什么量器呢？”

“借给我小升就行了。”

“你稍微等一下，我这就去给你拿。”戈西母的老婆答应了。

戈西母的老婆是个好奇心特别重的人，一心想了解阿里巴巴的老婆借升量什么，于是她在升内的底部刷上一点儿蜜蜡，因为她相信无论量什么，总会粘一点儿在蜜蜡上。她想用这样的方法满足自己的好奇心。

「名师点拨」戈西母的老婆并没有直接问阿里巴巴的老婆要量什么，而是在升底刷上蜜蜡。通过戈西母老婆的这一举动可知，她是一个非常狡猾的人。

阿里巴巴的老婆不懂这种技巧，她拿着升急忙回到家中，立刻开始用升量起金币来。

阿里巴巴只管挖洞，待她老婆量完金币，他的地洞也挖好了，他们两人一起动手，把金币搬进地洞，小心翼翼地盖上土，埋藏了起来。

升底的蜜蜡上粘着一个金币，他们却一点儿也没有察觉。于是当这个好心肠的女人把升送还她嫂子时，戈西母的老婆马上就发现了升内竟粘着一个金币，顿生羡慕、嫉妒之心，她自言自语说：

“哎呀，原来他们借我的升是去量金币啊！”

她心想：阿里巴巴这样一个穷光蛋，怎么会用升去量金币呢？

这里面一定有什么秘密。

「名师点拨」故事一开始就说戈西母是远近闻名的大富翁，但是现在他所拥有的金币却远远比不上阿里巴巴的。通过这一对比来突出阿里巴巴拥有的金币之多。

戈西母的老婆左思右想，不得其解。直到日暮，戈西母游罢归来时，她立即迫不及待地对他说：“你这个人哪！你一向以为自己是富商巨贾，是最有钱的人了。现在你睁眼看一看吧，你兄弟阿里巴巴表面上穷得叮当响，暗地里却富得如同王公贵族。我敢说他的财富比你多得多，他积蓄的金币多到需要用斗量的程度。而你的金币，只是过目一看，便知其数目了。”

“你是从哪儿听说的？”戈西母将信将疑地反问一句。

戈西母的老婆立刻把阿里巴巴的老婆前来借升还升的经过，以及自己发现粘在升内的一个金币

等事一五一十说了一遍，然后把那枚铸有古帝王姓名、年号等标识的金币拿给他看。

戈西母知道这事后，顿觉惊奇，同时也产生了羡慕、猜疑。这一夜，由于贪婪的念头一直萦绕着他，他整夜都辗转不眠，次日天刚亮他就急忙起床，前去找阿里巴巴，说道：

“兄弟啊，你表面上装得很穷，很可怜，其实你是真人不露相！我知道你积蓄了无数的金币，数目之多，已经达到要用斗量才能数清的地步了。”

“你能把话说清楚些吗？我一点儿也不明白你在说些什么。”

“你别装糊涂，你非常清楚我在说什么！”戈西母怒气冲冲地把那个金币拿给他看，“像这样的金币，你有成千上万个，这不过是你量金币时，粘在升底被我老婆发现的一个罢了。”

阿里巴巴恍然大悟，此事已被戈西母和他的老婆知道了，他暗想：此事已无法再保守秘密了。既然这样，索性将它和盘托出。虽然明知这会招来不幸和灾难，但处在这样的情况下，他也实在是没有办法，只得被迫把发现强盗们在山洞中收藏财宝的事毫无保留地讲给他哥哥听了。

戈西母听了，声色俱厉地说：“你必须把你看见

「专家解疑」

一五一十：数数目时往往以五为单位，一五、一十、十五、二十等数下去，因此用“一五一十”形容叙述时清楚有序而无遗漏。

辗（zhǎn）转：①（身体）翻来覆去。②经过许多人的手或经过许多地方。

「名师点拨」

戈西母虽然是阿里巴巴的哥哥，但是他们已经分家自立了，他又有什么资格来质问阿里巴巴呢？从戈西母的神态和语言上可以看出，他是一个非常霸道、蛮不讲理的人。

「名师点拨」
戈西母在弟弟贫困时没有伸出援手，却在弟弟发财后来质问他、威胁他，想要得知藏金币的地点和咒语，可见他是一个多么无情无义、贪得无厌的人。

的一切告诉我，尤其是那个储存金币的山洞的确切地址，还有开关洞门的那两句魔咒暗语。现在我要警告你，如果你不肯把这一切全部告诉我，我就上官府告发你，他们会没收你的金钱，抓你去坐牢，你会落得人财两空的。”

阿里巴巴在哥哥的威逼下，只好把山洞的所在地和开关洞门的暗语一字不漏地讲了一遍。戈西母仔细听着，把一切细节都牢记在心头。

第二天一大早，戈西母赶着雇来的十匹骡子，来到山中。他按照阿里巴巴的讲述，首先找到阿里巴巴藏身的那棵大树，并顺利地找到了那神秘的洞口，眼前的情景和阿里巴巴所说的差不多，他相信自己已经到达目的地，于是高声喊道：“芝麻，开门吧！”

「专家解疑」
豁然：形容开阔或通达。
不知所措：不知道怎么办才好，形容受窘或发急。

随着戈西母的喊声，洞门豁然打开了，戈西母走进山洞，刚站定，洞门便自动关起来。

对此，他没有在意，因为他的注意力完全被堆积如山的财宝吸引住了。面对这么多的金银财宝，他激动万分，有些不知所措，待镇定了一下自己的情绪后，才急忙大肆收集金币，并把它们一一装在袋中，然后一袋一袋挪到门口，预备搬运出洞外，驮回家去。待一切准备妥当后，他才来到那紧闭的洞门前。但由于先前兴奋过度，他竟忘记了那句开门的暗语，却大喊：“大麦，开门吧！”

洞门依然紧闭。这一来，他慌了神。一口气喊出属于豆麦谷物的各种名称，唯独“芝麻”这个名称，他怎么也想不起来了。他顿感恐惧，坐立不安，不停地在洞中打转，对摆在门后预备带走的金币也失去了兴趣。

戈西母过度的贪婪和嫉妒，招致了意想不到的灾难，致使他已步入上天无路、入地无门的绝望境地。如今性命都难保，当然就更不可能圆他的发财梦了。

「智慧引路」
戈西母因为过度贪婪和嫉妒而使自己陷入困境，不但发不了财，甚至连性命都难以保全。所以，做人一定要懂得知足，不能贪得无厌。

这天半夜，强盗们抢劫归来，在月光下，老远便看见成群的牲口在洞口前，他们感到奇怪：这些牲口是怎么到这里来的？

强盗首领带着喽啰来到山洞前，大家从马上下来，说了那句暗语，洞门便应声而开。戈西母在洞中早已听到马蹄的哒哒声从远到近，知道强盗们回来了。他感到性命难保，一下子吓瘫了。但他还抱着侥幸的心理，鼓足勇气，趁洞门开启的时候，猛冲出去，期望死里逃生。但强盗们的刀剑把他挡了回来。强盗首领不管三七二十一，一剑把戈西母刺倒，而他身边的一个喽啰立刻抽出宝剑，把戈西母拦腰一剑砍为两截，结果了他的性命。

「专家解疑」
侥幸：由于偶然的原因而得到成功或免去灾害。

强盗们拥入山洞，急忙进行检查。

他们把戈西母的尸首装在袋中，把他预备带走的一袋袋金币放回老地方，并仔细清点了所有物品。强盗们

不在乎被阿里巴巴拿走的金币，可是对于外人能闯进山洞这件事，他们都感到震惊、迷惑。因为这是个天险绝地，山高路远、地势峻峭，人很难越过重重险阻来到这里，况且，若是不知道开关洞门的那句暗语，谁也休想闯进洞来。

想到这里，他们把怒气都出在戈西母的身上，大家七手八脚地肢解了他的尸体，分别挂在门内左右两侧，以此作为警告，让敢于来这里的人，知道其下场。

「名师点拨」通过强盗们对戈西母的残杀可以看出，这是一伙非常凶残、杀人不眨眼的亡命之徒。这也不免使我们好奇，善良的阿里巴巴要怎么跟他们斗智斗勇呢？

做完了这一切，他们走出洞来，关闭好洞门，跨马而去。

这天晚上，戈西母没有回家，他老婆预感到事情有些不妙，焦急万分地跑到阿里巴巴家去询问：“兄弟，你哥哥从早上出去，到现在还没有回家来。他的行踪你是知道的，现在我非常担心，只怕他发生什么不测，若真是这样，那我可怎么办哪？”

「专家解疑」不测：①属性词。不可测度的；不可预料的。②指意外的不幸事件。

慰藉（jiè）：安慰。

阿里巴巴也预感到发生了什么不幸的事，不然，戈西母不可能现在还不回家。他越想越觉得不安，但他稳住自己的情绪，仍然平静地安慰着嫂嫂：“嫂嫂，大概戈西母害怕外人知道他的行踪，因而绕道回城，以至于到现在还没有回到家吧。我想等会儿他会回来的。”

戈西母的老婆听了后，才稍感慰藉，抱着一线希望回到了家中，耐心地等待丈夫归来。

时至夜半三更，仍不见人影。她终于坐卧不安起来，最终由于紧张、恐惧而忍不住失声痛哭了起来。她悔恨地自语道：“我把阿里巴巴的秘密泄露给他，引起他的羡慕和嫉妒，这才给他招来了杀身之祸呀。”

戈西母的老婆心烦意乱，如坐针毡，好不容易才熬到天亮，便急急忙忙跑到阿里巴巴家中，恳求他立即出去寻找他哥哥。

「专家解疑」
如坐针毡(zhān)：像坐在有针的毡子上一样，形容心神不宁。
不寒而栗(lì)：不寒冷而发抖，形容非常恐惧。

阿里巴巴安慰了嫂子一番，然后赶着三头毛驴，前往山洞而去。来到那个洞口附近，一眼就看到了洒在地上的斑斑血迹，他哥哥和十匹骡子却不见踪影，显然凶多吉少，想到此，他不禁不寒而栗。他战战兢兢地来到洞口，说道：“芝麻，开门吧！”洞门应声而开。

他急忙跨进山洞，一进洞门就看见戈西母的尸首被分成几块，两块挂在左侧，两块挂在右侧。阿里巴巴惊恐万状，但是不得不硬着头皮收拾哥哥的尸首，并用一头毛驴来驮运。然后他又装了几袋金币，用柴棒小心掩盖起来，绑成两个驮子，用另外两头毛驴驮运。做好这一切后，他念着暗语把洞门关上，赶着毛驴下山了。一路上他拼命克制住紧张的心情，集中精力，把尸首和金币安全地运到了家。

「名师点拨」
哥哥遇害的事让阿里巴巴意识到，这件事知道的人越少越好，即便是自己的妻子，能不告诉她也最好不要让她知晓，多一个人知道这个秘密就多一分危险。

回家后，他把驮着金币的两头毛驴牵到自己家，交给老婆，吩咐她藏好，关于戈西母遇害的事，他却只字不提。接着他把运载尸首的那头毛驴牵往戈西母的家。戈西母的使女马尔基娜前来开门，让阿里巴巴把毛驴赶进庭院。

阿里巴巴从驴背上卸下戈西母的尸首，然后对使女说："马尔基娜，赶快为你的老爷准备后事吧。现在我先去给嫂子报告噩耗，然后就来帮你的忙。"这时，戈西母的老婆从窗户里看见阿里巴巴，说道：

"阿里巴巴，情况怎么样，有你哥哥的消息吗？看你愁眉苦脸的样子，莫非他遭遇了灾难？"

阿里巴巴忙把戈西母的遭遇和怎样把他的尸首偷运回来的经过，从头到尾对嫂子说了一遍。

阿里巴巴详细叙述完事情的经过后，接着对嫂子说道："嫂子，事情已经发生了，要想改变这一切已是不可能的了。这件事固然惨痛，但是我们应该引以为戒，保守秘密，不然我们的身家性命将没有保障。"

戈西母的老婆知道丈夫已惨遭杀害，现在埋怨也无济于事，因此她泪流满面地对阿里巴巴说："我丈夫的命是前生注定的，我现在也只好认命了。只是为了你的安全和我的将来，我答应为你严格保守秘密，绝不向外泄露半点。"

"安拉的惩罚是无法抗拒的，现在你安心休息吧。待丧期一过，我便会娶你为妾，一辈子供养你，你会生活

「专家解疑」
噩耗：指亲近或敬爱的人死亡的消息。
安拉：伊斯兰教所信奉的唯一主宰。说汉语的穆斯林多称安拉为真主。

「名师点拨」
阿里巴巴的哥哥被强盗们杀害了，阿里巴巴虽然悲痛万分，但是他却没有被悲痛、恐惧冲昏头脑，眼下最重要的是保守秘密，只有这样才能保住他们的性命。

得愉快幸福的。至于我的夫人，她心地善良，绝不会嫉妒你，这一点你尽管放心好了。”

“既然你认为这样做较为妥当，就照你的意思办吧。”她说着又忍不住痛哭起来。

阿里巴巴因为哥哥的死感到很伤心，他离开嫂嫂，回到女仆马尔基娜身边，与她商量哥哥的后事，做完这一切后，才牵着毛驴回家了。

阿里巴巴一走，马尔基娜就立刻来到一家药店，装出若无其事的样子，跟老板交谈起来，打听给垂死的病人吃什么药才有效。

「专家解疑」
若无其事：好像没有那么回事似的，形容不动声色或漠不关心。

“是谁病入膏肓，要服这种药呢？”老

板向马尔基娜反问。

“我家老爷戈西母病得厉害，快要死了。这几天，他既不能说话，也不能吃东西，所以我们对他的生死已不抱什么希望了。”

说完，她带着买来的药回家了。

第二天，马尔基娜再上药店去买药，她装出忧愁苦闷的样子，唉声叹气地说：“我担心他连药都吃不下去了，这会儿怕是已经咽气了。”

就在马尔基娜买药的同时，阿里巴巴也做好了一切准备。他待在家中，耐心地等待着戈西母家发出悲哀、哭泣的声音，以便装着悲痛的样子去帮忙治丧。

「专家解疑」
治丧：办理丧事。

第三天一大早，马尔基娜便戴上面纱，去找高明的老裁缝巴巴穆司塔。她给了裁缝一个金币，说道：“你愿意用一块布蒙住眼睛，然后跟我上我家去一趟吗？”

巴巴穆司塔不愿这样做。马尔基娜又拿出一个金币塞在他的手里，并再三恳求他去一趟。

「名师点拨」
马尔基娜之所以蒙住巴巴穆司塔的眼睛是为了不让他看到路线，以防他泄露秘密。可见，阿里巴巴和马尔基娜考虑得十分周全。

巴巴穆司塔是一个贪图小恩小惠的财迷鬼，见到金币，立即答应了这个要求，拿手巾蒙住自己的眼睛，让马尔基娜牵着他，走进了戈西母停尸的那间黑房。这时马尔基娜才解掉蒙在巴巴穆司塔眼睛上的手巾，告诉他：“你把这具尸首按原样拼在一起，缝合起来，然后再比着死人身材的长短，给他缝一套寿衣。做完这些事后，我会给你一份丰厚的工钱的。”

巴巴穆司塔按照马尔基娜的吩咐，把尸首缝了起来，寿衣也做成了。马尔基娜感到很满意，又给了巴巴穆司塔1个金币，再一次蒙住他的眼睛，然后牵着他，把他送回了裁缝铺。

马尔基娜很快回到家中，在阿里巴巴的协助下，用热水洗净了戈西母的尸体，装殓起来，摆在干净的地方，把埋葬前应做的事都准备妥当，然后去清真寺，向教长报丧，说丧者等候他前去送葬，请他给死者祷告。

教长应邀随马尔基娜来到戈西母家中，替死者进行祷告，按惯例举行了仪式，然后由四人抬着装有戈西母尸首的棺材离开家，送往坟地去安葬。马尔基娜走在送葬行列的前面，披头散发，捶胸顿足，号啕痛哭。阿里巴巴和其他亲友跟在后面，一个个面露悲伤。埋葬完毕后，各自归去。

戈西母的老婆独自待在家中，悲哀哭泣。阿里巴巴躲在家中，悄悄地为哥哥服丧，以示哀悼。

由于马尔基娜和阿里巴巴善于应付，考虑周全，所以戈西母死亡的真相，除他二人和戈西母的老婆之外，其余的人都不知底细。

四十天的丧期过了，阿里巴巴拿出部分财产作为聘礼，公开娶他的嫂嫂为妾，并要戈西母的大儿子继承他

「专家解疑」

寿衣：装殓死者的衣服，老年人往往生前做好备用。

装殓：给死者穿好衣裳，放到棺材里。

清真寺：伊斯兰教的寺院。也叫礼拜寺。

捶胸顿足：用拳头打胸部，用脚跺地，形容非常焦急、懊丧或极度悲痛的样子。也说顿足捶胸。

「名师点拨」

为了不让人发现戈西母的死亡之谜，阿里巴巴和马尔基娜想出了一步步非常周全的计划，让人以为戈西母是病死的，而不是意外死亡。

「专家解疑」
耳濡目染：形容见得多听得多了之后，无形之中受到影响。
得心应手：心里怎么想，手就能怎么做，形容运用自如。
当机立断：抓住时机，立刻决断。
自告奋勇：主动地要求承担某项艰难的工作。

「名师点拨」
去洞里收尸的人跟死去的戈西母一定有关系，而且可以肯定他就是那个偷金币的人，因此强盗们才会去打探谁家死了人。

父亲的遗产，把关闭的铺子重新开起来。戈西母的大儿子曾跟一个富商经营生意，耳濡目染，练就了一些本领，在生意场上显得得心应手。

这一天，强盗们照例返回洞中，发现戈西母的尸首已不在洞中，而且洞中又少了许多金币，这使他们感到非常诧异，不知所措。首领说："这件事必须认真追查清楚，否则，我们长年累月攒下来的积蓄就会被一点一点偷光。"

匪徒们听了首领的话后，都感到此事不宜迟延，因为他们知道，除了被他们砍死的那个人知道开关洞门的暗语外，那个搬走尸首并盗窃金币的人也势必懂得这句暗语。所以必须当机立断地追究这事，只有把那人查出来，才能避免财物继续被盗。他们经过周密的计划，决定派一个机警的人伪装成外地商人，到城中大街小巷去活动，目的在于探听清楚，最近谁家死了人，住在什么地方。这样就找到了线索，也就能找到他们所要捉拿的人。

"让我进城去探听消息吧。"一个匪徒自告奋勇地向首领要求说，"我会很快把情况打听清楚的。如果完不成任务，随你怎样惩罚我。"

首领同意了这个匪徒的要求。

这个匪徒化好装，当天夜里就溜到城里去了。第二天清晨他就开始了活动，见街上的铺子都关闭着，只有裁缝巴巴穆司塔的铺子例外，他正在做针线活。匪徒怀着好奇心向他问好，并问：

“天才蒙蒙亮，你怎么就开始做起针线活来了？”

“我看你是外乡人吧。别看我上了年纪，眼力可是好得很呢。昨天，我还在一间漆黑的房里缝合好了一具尸首呢。”

匪徒听到这里，暗自高兴，想：“只需通过他，我就能达到目的。”他不动声色地对裁缝说：“我想你这是同我开玩笑吧。你的意思是说你给一个死人缝了寿衣吗？”

「专家解疑」
不动声色：内心活动不从语气和神态上表现出来，形容态度镇静。也说不露声色。

“你打听此事干啥？这件事跟你有多大关系？”

匪徒忙把一个金币塞给裁缝，说道：“我并不想探听什么秘密。我可是一个忠厚老实的人，我只是想知道，昨天你替谁家做零活？你能把那个地方告诉我，或者带我上那儿去一趟吗？”

裁缝接过金币，不好再拒绝，只好照实向他说：“其实我并不知道那家人的住址，因为当时我是由一个女仆用手帕蒙住双眼后带去的，到了地方，她才解掉我眼上的手帕。我按要求将一具砍成几块的尸首缝合起来，为他做好寿衣后，再由那女仆蒙上我的双眼，将我送回来。因此，我无法告诉你那儿的确切地址。”

「名师点拨」
巴巴穆司塔的话再一次从侧面表现出阿里巴巴和马尔基娜的聪明与心思细腻。因为被蒙着眼睛，所以巴巴穆司塔并不知晓阿里巴巴住所的地址。

“哦，太遗憾了！不过不要紧，你虽然不能指出那所住宅的具体位置，但我们可以像上次那样，照你所做的那样，也来演习一遍，这样，你一定会回忆点什么出来。当然，你若能把这件事办好了，我这儿还有金币给你。”说完匪徒又拿出一个金币给裁缝。

「专家解疑」
演习：实地练习（多指军事的）。
揣（chuǎi）测：推想；猜测。

巴巴穆司塔把两枚金币装在衣袋里，离开铺子，带着匪徒来到马尔基娜给他蒙眼睛的地方，让匪徒拿手帕蒙住他的眼睛，牵着他走。巴巴穆司塔原是头脑清楚、感觉灵敏的人，在匪徒的牵引下，一会儿便进入马尔基娜带他经过的那条胡同里。他边走边揣测，并计算着一步一步向前移动。他走着走着，突然停下脚步，说道：“前次我跟那个女仆好像就走到这儿的。”

这时候，巴巴穆司塔和匪徒已经站在戈西母的住宅前，如今这里已是阿里巴巴的住宅了。

「名师点拨」
通过巴巴穆司塔的指引，匪徒轻易地就找到了阿里巴巴的住所，并在大门上做了记号，这样一来，阿里巴巴就处在十分危险的境地了，他与强盗们的交锋也一步步展开。

匪徒找到戈西母的家后，用白粉笔在大门上画了一个记号，免得下次来报复时找错了门。他满心欢喜，即刻解掉巴巴穆司塔眼上的手帕，说道：“巴巴穆司塔，你帮了我的大忙，我很感激，愿伟大的安拉保佑你。现在请你告诉我，是谁住在这所房子里？”

“说实在的，我一点儿也不知道。这一带我不熟悉。”

匪徒知道无法再从裁缝口中打听到更多的消息，于是再三感谢裁缝，叫他回去。他自己也急急忙忙赶回山洞，报告消息。

裁缝和匪徒走后，马尔基娜外出办事，刚跨出大门，便看见了门上的那个白色记号，不禁大吃一惊。她沉思一会儿，料到这是有人故意做的识别标记，目的何在，尚不清楚，但这样不声不响、偷偷摸摸的，肯定不怀好意。于是她就用粉笔在所有邻居的大门上画上了同样的记号。她严守秘密，对谁也没有说，连男主人、女主人也不例外。

「智慧引路」马尔基娜看出了这个记号的异样，还想出了一个很好的对策，并且在弄清楚之前，暂时保密，表现了她的聪慧和沉着冷静。我们也要像马尔基娜一样，遇事能够冷静分析并想出对策。

匪徒回到山中，向匪首和伙伴们报告了寻找线索的经过，首领和其他匪徒听到消息后，便溜到城中，要对盗窃财物的人进行报复。那个在阿里巴巴家的大门上做过记号的匪徒，直接将首领带到了阿里巴巴的家附近，说：“我们所要寻找的人，就住在这里。”

首领先看了那里的房子，再四下看了看，发现每家的大门上都画着同样的记号，觉得奇怪，问道：“这里的房屋，每家的大门上都有同样的记号，你所说的到底是哪家呢？”

带路的匪徒顿时糊涂起来，不知所措。他发誓说：“我只在一所房子的大门上做过记号，不知这些门上的记号是从哪儿来的，现在我也不敢肯定哪个记号是我所画的了。”

首领沉思了一会儿，对匪徒们说：“由于他没有把事情做好，我们要寻找的那所房屋没找到，使得我们白辛苦一场，现在暂且回山洞，以后再做打算。”

「名师点拨」马尔基娜的办法果然奏效了，那个画记号的强盗也认不出自己所画的记号了，强盗们只好回去，聪明的马尔基娜救了阿里巴巴一家。

匪徒们乘兴而来，败兴而归地返回山洞后，首领便拿那个带路的匪徒出气，将他痛打一顿后，再命手下把他绑起来，并说：“你们中谁再愿到城中去打探消息？如能把盗窃财物的人抓到，我就加倍赏赐他。”

听了匪首的话，又有一个匪徒自告奋勇道：“我愿前去探听，并相信我能满足你的要求。”

匪首同意派他去完成这项使命。于是这个匪徒也找到裁缝铺里的巴巴穆司塔，用金币买通裁缝，利用他找到了阿里巴巴的家，在阿里巴巴屋子的门柱上，用红粉笔画了一个记号，这才赶忙返回山洞，向匪首报告。他得意地说道：“报告首领，我

已经找到那所房屋，这次我用红粉笔在门柱上打了记号。我可以轻易将其分辨出来。”

马尔基娜出房门时，发现门柱上又有个红色记号，便又在邻近人家的门柱上也画了同样的记号。

匪首派的第二个匪徒很快完成了任务，但情况却与第一次一样。当匪徒们进城去报复时，发现附近每家住宅门柱上都有红色记号，他们感到又被捉弄了，一个个只得垂头丧气地返回山洞。匪首怒不可遏，大发雷霆，又把第二个匪徒绑了起来，叹道：“我的部下都是些酒囊饭袋，看来此事得由我亲自出马，才能解决问题。”

匪首打定主意，单枪匹马来到了城中，照例找到了裁缝巴巴穆司塔。在他

「名师点拨」
第二个匪徒找到阿里巴巴的家后，用红色粉笔画了记号，却被马尔基娜再一次识破。通过匪徒和马尔基娜的对比可知，两个匪徒都有勇无谋，而马尔基娜则非常聪明。

「专家解疑」
垂头丧气：形容情绪低落、失望懊丧的神情。
怒不可遏：愤怒得不能抑制，形容愤怒到了极点。

的帮助下，顺利地来到阿里巴巴的家门前。他吸取前两个匪徒的教训，不再做任何记号，只是把那住宅的坐落和四周的景象记在心里，然后他马上赶回山洞，对匪徒们说：“那个地点我已铭刻在心里，下次去找就很容易了。现在你们马上给我买十九匹骡子和一大皮袋菜油，以及形状、体积一致的瓦瓮三十八个。再把这些瓮绑在驮子上，用十九匹骡子驮着，每匹骡子驮两个瓮。我扮成卖油商人，趁天黑时到那个坏蛋的家门前，求他容我在他家暂住一宿。然后，到晚上我们一起动手，结果他的性命，夺回被盗窃的财物。”

「专家解疑」瓮（wèng）：一种盛东西的容器，腹部较大。

他提出的方案博得了匪徒们的拥护，他们一个个怀着喜悦的心情，分头前去购买骡子、皮囊、瓦瓮等物。经过三天的奔波，所需要的东西全部备齐了，还在瓦瓮的外表涂上一些油腻。他们在匪首的指挥下，拿菜油灌满一个大瓮，全副武装的匪徒分别潜伏在三十七个瓮中，用十九匹骡子驮运。匪首扮成商人，赶着骡子，大模大样地运油进城，趁天黑时赶到阿里巴巴家门外。阿里巴巴刚吃过晚饭，还在屋前散步。匪首趁机走近他，向他请安问好，说道：“我是从外地进城来贩油的，经常到这里来做生意。今天太晚了，我找不到合适的住处，恳求您发发慈悲，让我在您院中暂住一夜吧，也好减轻一下牲口的负担，当然也麻烦您为它们添些饲料充饥。”

「名师点拨」这次强盗们准备得非常充分，计划也很周密，他们个个心狠手辣，又是全副武装，如果跟他们正面交手，阿里巴巴很难取胜。

阿里巴巴虽然曾见过匪首的面，但由于他伪装得很巧妙，加之天黑，一时竟没有分辨出来，因而同意了匪首的请求，为他安排了一间空闲的柴房，来堆放货物和关牲口，并吩咐女仆马尔基娜：

“家中来了客人，请给他预备些饲料、水，再为客人做点晚饭，铺好床让他住一夜。”

匪首卸下驮子，搬到柴房中，给牲口提水拿饲料，他本人也受到主人的殷勤招待。阿里巴巴叫来马尔基娜，吩咐道：“你要好生招待客人，不要大意，满足客人的需要。明天一早我上澡堂沐浴，你预备一套干净的白衣服，以便沐浴后穿着。此外，在我回来前，为我准备一锅肉汤。”

「名师点拨」阿里巴巴不仅收留了这些陌生的“商贩”，还给他们准备好了饭菜，招待得非常周全，可见他是一个十分善良的人。

“明白了，一定按老爷说的去做。”

阿里巴巴说完之后进寝室休息去了。

匪首吃过晚饭，随即上柴房照料牲口。他趁夜深人静、阿里巴巴全家休息时，压低嗓音，告诉躲在瓮中的匪徒们：“今晚半夜，你们听到我的信号时，就迅速出来。”匪首交代完毕后，走出柴房，由马尔基娜引着，来到为他准备的寝室里。

马尔基娜放下手中的油灯，说：“如果还需要什么，请吩咐吧。”

“谢谢，不需要什么了。”匪首回答说，待马尔基娜走后，才灭灯上床休息。

马尔基娜按主人的吩咐，拿出一套干净的衣服，交给另一个男仆阿卜杜拉，以便主人沐浴后穿用。随后她给主人烧好肉汤。过了一会儿，她想看一看罐里的肉汤，但油灯已灭，一时又没油可添。阿卜杜拉看着马尔基娜为难的样子，便前来解围，提醒道：“不必为难，柴房中有菜油呀，为何不取些来用？”

「专家解疑」解围：①解除敌军的包围。②泛指使人摆脱不利或受窘的处境。

马尔基娜拿着油壶去柴房中，见到成排的油瓮。她来到第一个瓦瓮前，这时躲在瓮中的匪徒听到脚步声，以为是匪首来叫他们，便轻声问道：“是行动的时候了吗？”

「名师点拨」强盗们这次做好了周密的计划想要杀害阿里巴巴，就在他们快要实施计划的时候，却碰巧被聪明的马尔基娜发现而未能得逞。安排这样的巧合，令故事更加跌宕起伏，引人入胜。

马尔基娜突然听见瓦瓮中的说话声，吓得倒退一步，但她本是一个机智勇敢的人，当即应道：“还不到时候呢。”她暗想道：“原来这些瓮中装的不是菜油，而是人。看来这个贩油商人心存不良，也许想打什么坏主意，施展阴谋诡计。慈悲的安拉啊，求您保佑，别让咱们上了他的圈套。”她挨到第二个瓮前，仍然压低嗓音，把“现在还不到时候呢”这句话重说了一遍。

她就这样一个挨一个地按顺序从头说到尾。她暗自想道：“赞美安拉！我的主人还蒙在鼓里，不知道危险随时可能降临。这个自称卖油的家伙，一定是这伙匪徒的首领，而此时匪徒们正在等待他发出暗号。”此时她已来到最后一个瓮前，发现这个瓮里装的是菜油，便灌了一壶，拿到厨房，给灯添上油，然后再回到柴房中，从那个瓮中舀了一大锅油，架起柴火，把油烧开，这才拿到柴房中，依次给每个瓮里浇进一瓢沸油。潜伏在瓮中的匪徒还不知是怎么回事，就一个个被烫死了。

马尔基娜以过人的智慧悄悄做完了这一切，屋里所有的人都还睡得正酣，无人知晓。她自己高兴地回到厨房，关起门来，给阿里巴巴热汤。

「智慧引路」马尔基娜遇事冷静沉着，不仅识破了强盗们的阴谋诡计，在紧急的情况下还能够急中生智，救了主人的性命，她的确是拥有“过人的智慧”。

大约过了一个小时，匪首从梦中醒来，他打开窗户，见室外一片黑暗，寂静无声，便拍手发出了暗号，叫匪徒们立即出来行动。但四周却毫无动静。过了一会儿，他再次拍手，并出声呼唤，仍无回音。经过第三次拍手、呼唤，还得不到回答后，他才慌了，赶忙走出卧室，奔到柴房中，心想：“大概他们一个个都睡熟了，我必须立刻叫醒他们，赶快行动，否则就来不及了。”

他走到第一个油瓮前，立刻嗅到一股熏鼻的油气味，心里非常吃惊，伸手一摸，觉得烫手。他一个个摸过去，发现全部油瓮的情况都是一样。这时候，他明白死亡落到他们这一伙人的头上了，同时对自身的安全也感到担心。他不敢再回到卧室，只得逾墙跳到后花园，怀着恐惧和绝望的心情，逃之夭夭。

「专家解疑」逃之夭(yāo)夭：《诗经·周南·桃夭》有“桃之夭夭”一句，“桃”“逃”同音，借来说逃跑，是诙谐的说法。

马尔基娜待在厨房里，窥探匪首的动静，但不见他从柴房中出来，想是逾墙逃跑了，因为大门是双锁锁着的。不过想到其余的匪徒还一个个静静地躺在瓮中，马尔基娜便安心地睡觉了。

离天亮还有两个小时的时候，阿里巴巴起床去澡堂沐浴。他对当夜家中发生的危险事一无所知，机智的马尔基娜没有惊动他，也没料到事情如此容易应付。原来她认为如果先向主人报告她的计划，然后动手，就可能失去先下手为强的机会，而吃强盗的亏了。阿里巴巴从澡堂归来已是日上三竿，他见油瓮还原封不动地摆在柴房中，感到惊奇，嘀咕道："这位卖油的客人是怎么搞的，这个时候还不把油驮到市上去卖！"

「专家解疑」

日上三竿：太阳升起来离地已有三根竹竿那么高，多用来形容人起床晚。

嘀咕：①小声说；私下里说。②猜疑，犹疑。

马尔基娜说："老爷啊，万能之神安拉赐福予你，使你昨晚免受了伤害。那个商人企图干罪恶的勾当，被发现后已逃走，昨晚发生的事情，待会儿我会慢慢讲给你听。"她引阿里巴巴走进柴房，关了房门，然后指着一个油瓮说："请老爷看吧，这里面到底装的是油呢，还是别的东西？"

阿里巴巴打开瓮盖一看，里面躺着一个男人，他一下子吓得回头就跑。马尔基娜即刻安慰他："别害怕！这人已不可能再伤害你，他已经死了。"

「名师点拨」

阿里巴巴看到强盗们的死状后"一下子吓得回头就跑"，神态描写和动作描写相结合，将阿里巴巴受惊吓的样子十分生动地展现在我们面前，同时也表现了强盗们悲惨的下场。

阿里巴巴听了才安静下来，说道："马尔基娜，咱们遭了大祸，刚安定下来，怎么这个卑鄙的家伙也会来找咱们的麻烦呢？”

“感谢伟大的安拉！事情的经过，我会详细报告老爷的。可是说话要小声，免得被邻居知道，给咱们带来麻烦。现在请老爷查看这些瓮里的东西，从头到尾，每一个都看一看吧。”

阿里巴巴果然依次看了一遍，发现每个瓮中都有一个全副武装的男人，幸亏都被沸油烫死了。这一惊把他吓得哑巴似的说不出话来。过了一会儿，他逐渐恢复常态，才问道：“那个贩油商人哪儿去了？”

“老爷啊，你还不知道，那个家伙其实并不是生意人，而是个为非作歹的匪首。他满口甜言蜜语，骨子里却想要你的命。他的所作所为，我会详细报告的，不过老爷才从澡堂归来，先喝些肉汤再说吧。”

她伺候阿里巴巴回到屋里，立刻送上饮食。

阿里巴巴吃喝起来，对马尔基娜说：“我急于要知道这桩奇案的始末，你说吧，不要让我始终蒙在鼓里，这样我才会定下心来。”

马尔基娜把昨晚发生的事，从煮肉汤、点灯找油起，到发现匪徒，用油烫死匪徒，以及那个匪首逃跑等，一五一十叙述了一遍。最后她说：

“这便是昨晚发生的事的全部经过。此外，几天以前，我对这件事就已有所感觉。我抑制着自己，不敢报告老爷，

「好词好句」

全副武装

一五一十

*这一惊把他吓得哑巴似的说不出话来。

*他满口甜言蜜语，骨子里却想要你的命。

「专家解疑」

为非作歹：做各种坏事。

所作所为：指所做事情。

始末：（事情）从头到尾的经过。

怕万一事情传开让邻居知道了，现在不得不让老爷知道了。情况是这样的：有一天我回家时，见咱家大门上有个白粉笔画的记号，当时我虽然不知道是谁画的，有什么用处，但是我估计到可能是仇人搞的，存心危害老爷，所以我在周围每家大门上都画上一模一样的记号，使坏人不容易分辨出来。现在看来，画的记号和昨夜的事必然有联系，肯定是这伙人以此作为报复的标记，避免走错门路。按四十个强盗的数目计算，他们有两人下落不明，这当中的实际情况，我还不知道，因此不得不提防他们。而其余的匪徒，他们的头子逃跑了，人还活着。老爷必须格外注意，加倍提防，否则会遭他们的毒手，他肯定不会轻易放过你的。为

「名师点拨」

马尔基娜将前后发生的事情一一叙述了一遍，很明显，这些都是强盗们对阿里巴巴的报复，因此阿里巴巴必须要提高警惕了。同时，这几次他之所以能够成功脱险也多亏了马尔基娜的聪明应对。

「专家解疑」

下落：①寻找中的人或物所在的地方。②下降。

提防：小心防备。

此，我当全力保护老爷的生命财产不受损害，这也是我们奴婢的职责所在。”

阿里巴巴听了非常快慰，说道：“你的这个建议，我很满意，你勇敢果断，我这一辈子也忘不了。告诉我吧，我该怎样赏赐你？”

“这是我应尽的义务。我看目前最急迫的事是，赶快把那些死人埋了，不要把秘密泄露出去。”

阿里巴巴按马尔基娜的指点，亲自带仆人阿卜杜拉到后花园，在一棵树侧，挖了一个大坑，卸下尸体上的武器，再把 37 具尸首掩埋起来，把地面弄得跟先前一模一样，同时还把油瓮和其他东西全都收藏起来。接着阿里巴巴又打发阿卜杜拉每次牵两匹骡子前往集市卖掉。这件大事算是处理妥当了，不过阿里巴巴并未因此安心，因为他知道匪首和两个匪徒还活着，并且一定会再来报仇，所以他格外地小心谨慎，对消灭匪徒的经过和从山洞中获得财物的情况守口如瓶，从不透露。

「专家解疑」
守口如瓶：形容说话慎重或严守秘密。

却说匪首从阿里巴巴家狼狈地逃跑后，悄悄回到了山洞，想着损失的财物和人马，以及洞中最终将被盗走的财宝，他就满腔怒火，异常苦恼。他认为只有杀掉阿里巴巴，才能解除心头之恨。他决心一个人再进城去，打着经营的幌子，在城里住下，以便寻找机会收拾掉阿里巴巴，然后再另起炉灶，招兵买马，继续过劫掳生活，也只有这样，才能把祖传下来的杀人越货的事业代代传下去。

匪首打定主意后，倒身睡觉了。

次日，天刚亮他便起床，像上次那样，把自己乔装打扮一番，然后进城在一家客栈住下。他暗自嘀咕："毫无疑问，一下子杀了这么多人的案件，一定会轰动全城，而阿里巴巴免不了被捕受审，他的住处也一定被毁了，财产也一定被查抄了。"于是他向客栈的门房打听消息："最近城中发生了什么奇怪的事情吗？"

「专家解疑」
客栈(zhàn)：设备简陋的旅馆，有的兼供客商堆货并代办转运。
安然无恙：原指人平安没有疾病，后泛指平平安安没有受到任何损伤。

门房把自己的所见所闻全部告诉了匪首。

匪首听了既奇怪又失望，门房所谈的，没有一件与他有关，他这才明白阿里巴巴是个机警聪明的人，他不但拿走了山洞中的钱财，还害了这么多人的性命，而他自己却安然无恙。

由此匪首联想到自身的安危问题，认为必须充分运用自己的智慧，提高警惕，才不至于落在敌人手中，遭到毁灭。因此他在集市上租了间铺子，从山洞中搬来上好的货物，摆设起来，从此待在铺子里，改名盖勒旺吉·哈桑，装模作样做起生意来。

「名师点拨」
匪首的铺子对面正好是阿里巴巴侄子的店铺，故事进展到这里再一次安排下巧合，既不显得突兀，又为下文的发展做了铺垫，让整个故事生动有趣。

说来凑巧，匪首的铺子对面，正是已故的戈西母的铺子所在地，现在由他的儿子，也就是阿里巴巴的侄子继续经营。匪首以盖勒旺吉·哈桑的名字四处活动，很快就跟附近各商号的老板们混熟了。他待人接物既大方又谦恭，尤其对戈西母的儿子格外亲热，常常与这个漂亮、衣着整齐的小伙子套近乎，一起谈天，往往一坐就是几个小时。

这天，阿里巴巴到铺子里去看望侄子，这事被在铺子对面的匪首看见了，匪首一见阿里巴巴便认出了他。于是，匪首向小伙子打听阿里巴巴的情况："告诉我吧，先前到你铺子中来的那位客人是谁呀？"

"他是我的叔父。"

这之后，匪首对阿里巴巴的侄子更加热情，给他许多好处，表面上和蔼可亲，暗地里实施其阴谋诡计。

又过了一些日子，阿里巴巴的侄子考虑到应礼尚往来，于是想邀请盖勒旺吉·哈桑吃顿饭，但感到自己的住处狭小，接待客人不太方便，尤其是跟盖勒旺吉·哈桑那样考究的排场比起来，未免显得寒酸。于是他便去请教他的叔父阿里巴巴。

阿里巴巴对侄子说："你的想法是对的，应该请那位朋友来做客。明天是礼拜五休息日，各商家都停业休息，你去约盖勒旺吉·哈桑到处走走，呼吸些新鲜空气。等你们回来时，不必告诉盖勒旺吉·哈桑知道，你可以顺便带他到我这儿来。我会吩咐马尔基娜预备一桌丰盛的筵席款待你们，你不用操心，一切由我办理好了。"

第二天，阿里巴巴的侄子按叔父的指示，邀约盖勒

「专家解疑」

礼尚往来：在礼节上讲究有来有往。现也指你对我怎么样，我也对你怎么样。

排场：①表现在外面的铺张奢侈的形式或场面。②铺张而奢侈。③体面；光彩。

寒酸：①形容穷苦读书人的不大方的样子。②形容简陋或过于俭朴而显得不体面。

「名师点拨」

犹太教规定每周五日落开始到星期六晚上，教徒要点起蜡烛，过休息日，据说上帝耶和华在六天内完成了创世的工作，第七天是休息的日子。

旺吉·哈桑一起上公园玩，回家时，就顺便引盖勒旺吉·哈桑走进他叔父住宅所在的那条胡同，一直来到门前。他一边敲门，一边对盖勒旺吉·哈桑说："我的朋友，告诉你吧，这是我的另一个住宅。你我之间的交往以及你待人接物所表现出的慷慨大方，我叔父都听说了，因此他非常乐意同你见一面。"

「专家解疑」
慷慨：①充满正气，情绪激昂。②大方；不吝惜。

匪首听了暗自欢喜，因为有了这种机会，报仇的愿望就能够很快实现。但是他表面却佯装客气的样子，一再表示推辞。这时候，仆人已将大门打开，阿里巴巴的侄子拉着盖勒旺吉·哈桑的手，一起进屋去。主人阿里巴巴谦恭而礼貌地迎接并问候盖勒旺吉·哈桑道："欢迎！欢迎！蒙你平时照顾我的侄子，我感激不尽。我知道你像父亲一样地关心他，爱护他。"

「名师点拨」
阿里巴巴对帮助自己或自己家人的人都非常感激，并且尽力报答，可见他是一个非常善良、热情、知恩图报的人。

"你的侄子为人不错，他的举止言谈给我留下深刻的印象。我很喜欢他。他年纪虽小，可是禀赋很好，聪明过人，前途无量。"盖勒旺吉·哈桑说了这么一些恭维和应酬的话。这样，他们宾主就一问一答地攀谈起来，显得既客气又亲切，宾主十分投机。过了一会儿，盖勒旺吉·哈桑说："主人啊！现在该向你告辞了。若是安拉的意愿，过些时候，我会抽空再来拜访你的。"

阿里巴巴起身挽留他说："我的朋友，你上哪儿去？我存心招待你，留你吃饭呢。吃过饭再回去吧。我们的饭菜即使不像你家里吃的那样可口，也得请求你接受我的邀请，大家热闹热闹吧。”

“主人啊！承你厚待，感激不尽。不过我的确有特殊原因，不得不求你原谅。”

“客人啊！你好像心事重重，感到烦躁，这是为什么呢？”

“是这样，近来我吃药治病，大夫嘱咐我，凡是带盐的菜肴都不可以吃。”

「专家解疑」
嘱咐：告诉对方记住应该怎样，不应该怎样。

“哦，就为这个呀，那不碍事，我可以做不加盐的菜。现在厨娘正预备烹调，我吩咐她做无盐的菜肴招待你好了，请你等一等，我一会儿便来。”阿里巴巴说着就来到厨房里，吩咐马尔基娜做菜不要放盐。

马尔基娜正在预备饭菜，突然听到这个吩咐，非常惊奇，问道：“这位要吃无盐菜肴的客人是谁？”

“你问他干吗，只管照我的话去做就是了。”

“好的，一切照你的意思去办。”马尔基娜对提出这个要求的人抱着好奇心，很想看他一眼。

菜肴都办齐了，马尔基娜协助男仆阿卜杜拉去摆桌椅，以便端出饭菜招待客人，因此有机会看到盖勒旺吉·哈桑。*当她一看到此人时，立刻认出他的本来面目，虽然他的衣着已装扮成外地商人的模样。马尔基娜仔细打量时，发现他罩袍下面藏着一把短剑，“原来如此啊！”*

「智慧引路」
马尔基娜从客人的一个反常的要求就有所警觉，又经过观察认出了他的真面目，可见马尔基娜是一个非常善于观察、警觉性很高的人。

「专家解疑」
先发制人：先动手以制伏对方；先于对手采取行动以获得主动。

「好词好句」
细嚼慢咽
报仇雪恨
＊他的侄子是不敢阻止我的，即使他有勇气同我对抗，我只需动一根手指或一根脚趾，就足以致他死命。

她忍不住暗自嘀咕，“这个恶棍之所以要吃无盐的菜肴，道理就在这里，他的目的就是寻找机会谋害我的主人，因为主人是他的大仇人。我必须当机立断，先发制人，在他逞凶之前找机会除掉他。”

马尔基娜拿出一张白桌布铺在桌上，端上饭菜，趁主人陪客人吃喝之际，从客厅回到厨房，仔细考虑对付匪首的办法。

阿里巴巴和盖勒旺吉·哈桑尽情享受，细嚼慢咽地吃喝完毕，马尔基娜和阿卜杜拉便忙着收拾杯盘碗盏，并端出点心待客。马尔基娜还把鲜果、干果盛在盘中，让阿卜杜拉用托盘端到堂上，她自己拿了一个小三脚茶几放在主人和客人身旁，并把三个酒杯和一瓶醇酒摆在茶几上，供主人和客人自斟自饮。一切布置妥当，马尔基娜和阿卜杜拉才退下，好像吃饭去了。

这时候，匪首觉得机会到了，顿时高兴起来，暗中想道：“这是报仇雪恨的好机会，我只要拿这把短剑狠狠地一剑戳过去，就可以结果这个家伙的性命，然后从后花园溜走。他的侄子是不敢阻止我的，即使他有勇气同我对抗，我只需动一根手指或一根脚趾，就足以致他死命。不过还要稍等一下，等那两个婢仆吃完饭回到房中休息时，再动手也不迟。”

马尔基娜沉住气，暗中监视着匪首的举动，边猜想他的心思，边想道："绝不能让这个恶棍有逞凶的机会。我不仅要挫败他的阴谋诡计，还要借机会结果他的性命。"忠实可靠的马尔基娜脱掉衣服，换上一身舞衣似的服装，头上缠了一块鲜艳的头巾，脸上罩一方昂贵的面纱，腰上束一块织锦围腰，围腰下面挂着一把柄上镶嵌金银宝石的匕首。打扮完之后，她吩咐阿卜杜拉："带上手鼓，咱俩一块上客厅去，为尊敬的老爷和客人表演吧。"

「专家解疑」
挫败：①挫折与失败。②使受挫失败。

阿卜杜拉按照马尔基娜的安排，带上手鼓，跟她来到客厅。阿卜杜拉敲

「好词好句」
翩翩起舞
精彩
* 在主人的鼓励和客人的赞赏下，他们两个又兴致勃勃地跳了起来。
* 正当他们看得出神的时候，马尔基娜突然抽出匕首，握在手里，从这一边旋转到另一边，做出许多优美的舞姿。

「专家解疑」
惯例：①一向的做法；常规。②司法上指法律没有明文规定，但过去曾经施行、可以仿照办理的做法或事实。

着手鼓，马尔基娜就开始翩翩起舞。两个婢仆表演了一会儿，就停下休息，准备集中精神，继续表演。阿里巴巴很感兴趣，让他俩随便怎么表演，并吩咐道："现在你们随意歌舞吧，最好能表演一些更精彩的节目，让客人高兴愉快。"

"太感谢你了，我的主人！你这样的热情，我简直太高兴了。"盖勒旺吉·哈桑表示衷心感谢。

在主人的鼓励和客人的赞赏下，他们两个又兴致勃勃地跳了起来，而且劲头越来越大，给主人和客人以欢乐的感受。正当他们看得出神的时候，马尔基娜突然抽出匕首，握在手里，从这一边旋转到另一边，做出许多优美的舞姿。这时候，她把锐利的匕首紧贴在胸前，突然停顿下去，右手把阿卜杜拉的手鼓拿过来，继续旋转着。按喜庆场合的惯例，这应该是向在座的人讨要赏钱。她最先停在主人阿里巴巴面前，主人往手鼓中扔了一枚金币，他的侄子也同样扔进一枚金币。盖勒旺吉·哈桑看到马尔基娜舞近时，正想给赏钱，这时马尔基娜鼓足勇气，猛地就把匕首刺进了盖勒旺吉·哈桑的心窝，一下子就结果了他的性命。

阿里巴巴大吃一惊，骂道："你这是干什么呀？你这是要毁了我一生！"

“不是这样的，”马尔基娜理直气壮地说，“我的主人哪，我为了救你的性命才刺死这个家伙的。如果你不相信，那请你解开他的外衣，你就可以知道是不是我的错了。”

「专家解疑」
理直气壮：理由充分，因而说话做事有气势或心里无愧，无所畏惧。

阿里巴巴赶紧走上前去，发现他贴身佩着一把锋利的短剑，一时吓得心惊胆战，无话可说了。

“我的主人，这个卑鄙的家伙是你的死敌，”马尔基娜说，“你仔细看看吧，他就是那个所谓的油贩子，也就是那个强盗头子。他说不吃盐，这说明他贼心不死，存心谋害你。当你说他不吃有盐的菜时，我就开始怀疑他。当我第一眼看到他时，便知道他不怀好意，存心害你。现在事实证明，我的猜想是正确的。”

「名师点拨」
马尔基娜从强盗头子不吃盐怀疑他心怀不轨，这与阿拉伯的礼仪习俗有关，盐代表纯洁和尊敬，代表对主人和真主的尊敬。说了谎的人、对主人不敬的人是不能吃盐的。

阿里巴巴惊诧万分，感谢马尔基娜的救命之恩，而且重重地赏赐她，说道：“你已经两次救了我的命，我应该报答你。”于是他伸手指着马尔基娜的脖子说：“现在我恢复你的自由，你从此成为自由民。为了对你表示感谢，我愿为你主持婚事，把你许配给我的侄子，使你们成为恩爱夫妻。”

阿里巴巴向马尔基娜说完这些以后，回头吩咐侄子道：“马尔基娜是一个聪明机智、诚实可靠的人。现在你看一看躺在地上的这个所谓的盖勒旺吉·哈桑吧，他自称是你的朋友，跟你结交往来，他只不过是想借此来寻找机会谋害我罢了，而马尔基娜凭她的智慧，替我们除了一害，让我们转危为安，救了我们的命。”

「专家解疑」
转危为安：（局势、病情等）从危急转为平安。

看到侄子欣然接受自己的建议，愿与美丽的马尔基娜结为夫妻，阿里巴巴非常高兴。于是阿里巴巴带领侄子、马尔基娜和阿卜杜拉，趁着夜色，小心谨慎地把匪首的尸体挪到后花园，挖了个地洞，埋了起来。

事后，他们全都守口如瓶，始终没让外人知道这件事情。

阿里巴巴及其家人精心准备后，选择了吉日，为他的侄子和马尔基娜举行隆重的婚礼。他们大摆筵席，盛宴宾客。亲戚、朋友、邻居纷纷前来庆祝，热闹空前。

阿里巴巴彻底根除了祸患，从此他安心地经营生意，过上了富足的生活。

后来阿里巴巴告诉他的儿子和孙子们山中那座宝库的秘密，并教他们开关和进出山洞的方法。阿里巴巴还把山洞里的宝石分给了穷人们，让人们都过上了幸福的生活，从此，他和子孙们一辈子过着幸福、安稳的生活。

「名师点拨」
阿里巴巴不仅让自己的子孙富裕起来，还帮助穷人们，让人们都过上了幸福的生活，如此善良、乐于助人的品质，真是难能可贵。

名家品评

从阿里巴巴和四十大盗的几次斗智斗勇中我们不难发现，强盗们虽然手段残忍，但是每次都被机智的马尔基娜识破，最终善良勇敢的阿里巴巴和马尔基娜战胜了作恶多端的四十大盗，过上了幸福的生活。整个故事善与恶对比鲜明，体现了善良终会战胜邪恶的主题思想，表达了人们对美好生活的向往。

阅读思考

1. 开启藏宝洞洞门的咒语是什么？
2. 戈西母的老婆是怎么知道阿里巴巴发财的？
3. 强盗们总共几次想要杀害阿里巴巴？都被谁识破了？
4. 阿里巴巴是一个怎样的人？

三个苹果的故事

从前，有一个体恤民间疾苦的明君哈里发国王，他平时总爱跟大臣一起微服私访，察看民情，并惩治不法分子。一次，他与宰相拉法尔在微服私访的时候遇到一个贫苦的老渔夫，于是就让这个老渔夫给他们打一网鱼，然后给他一百个金币，可是没想到居然捞上来一口箱子，里面装了一具被肢解了的女尸。这个女人是被谁杀害的？为什么要将她杀害？哈里发国王是怎么判决这个案子的？让我们从下面的故事中一探究竟吧。

从前，有一个国王，名字叫作哈里发。哈里发国王平常最爱走出王宫，到全国各地去微服私访。有一天，哈里发国王又想出去察看民情，于是他找来了宰相拉法尔，对他说："我决定去城里走走，我不能只是在王宫里享受安逸的生活。我应该去民间为愁苦的人排忧解难，去安慰失去亲人的人，去处置不法分子，我还要问问我的子民们，看看他们对管理城中事务的官员有什么评价。如果有官员让百姓怨声载道，

「专家解疑」
微服：帝王、官吏等外出时为不暴露身份而换穿便服。
怨声载道：怨恨的声音充满道路，形容民众普遍不满。

那么我会毫不留情地处死他，但是对百姓们拥护爱戴的官员我一定要提拔重用。只有这样，百姓生活才会安定，政权才会稳固。”

拉法尔答道：“谨遵陛下旨意。”

于是，国王哈里发就率领拉法尔和宦官玛斯鲁尔等人向城里走去。他们走街串巷，访问贫苦的人们，解决了非常多的事情，百姓们都交口称赞。他们不知不觉走到了一个非常狭窄的小巷，这时对面走过来一个骨瘦如柴，背着渔网，手里捧着个藤条筐子的老年人。仔细一看，藤条筐子里还有一些快要死了的小鱼。老人一边走，嘴里一边念念有词。

“人们都说只要勤劳就可以换来温暖的房子，换来可口的食物。可是勤劳连温饱都不能给我，勤劳的人大半都是面黄肌瘦、忍饥挨饿的穷苦人。如今的世界，只有权势才可以给人带来幸福啊。”

哈里发听到了老人的话，对宰相拉法尔说：“你看那个老人，他肯定需要我的帮助，你去问问他是什么人。”

拉法尔领命，走过去问道：“老人家，请问你是做什么的？”

老人看看拉法尔穿着华丽的衣服，猜想他肯定是有钱人，说道：“先生，难道您看见我背上的渔网都不知道我是渔夫吗？我家世世代代都是渔民，我是一个穷得要死的

「专家解疑」

念念有词：旧时迷信的人小声念咒语或说祈祷的话。指人不停地自言自语。

「智慧引路」

故事借老人之口来讽刺社会的不公，表现穷苦人民生活的艰辛。相比之下，我们现在的生活是多么幸福啊！只要有付出就会有收获，所以一定要珍惜现在的生活，做一个努力上进的人。

渔夫，以打鱼为生，因为我不知道除了打鱼我还会做什么。我每天天还没亮就去底格里斯河打鱼了，直到太阳出来。您看，今天我才打到这么一点儿可怜的小鱼。”老人把装着小鱼的藤条筐子往前递了递，接着说：“这样下去，我都不知道怎样才能养活一家人。想到这里，我都不想活下去了。”

「名师点拨」从老人的话中可以知道，他的生活非常艰难，虽然很努力地劳动，但还是很难养活一家人，他对目前的生活感到了绝望。

“那么，你能带我们去底格里斯河再撒一次网吗？我向你保证，只要你往河里撒一次网，那么，不管你捞上来的是什么，我都会送你一百个金币！”老人听到有这么便宜的事情，瞪大了眼睛。拉法尔上前一步说：“以安拉的名义发誓！”

老人满面愁容中终于挤出一丝微微的笑意，他低头看了一眼筐子里快要死掉的小鱼，说：“那好吧，但是我可不能保证这一网会有什么大鱼。”

于是，他带着哈里发国王等人来到了河边。城里的百姓们听说了这件事，也都跑到河边看热闹。一时间，河岸上熙熙攘攘的，挤满了人。

「专家解疑」熙熙攘攘：状态词。形容人来人往，非常热闹。

老渔夫登上他那破旧的渔船，熟练地向河中撒开网去，等了好一会儿，他才开始慢慢把渔网往上拉起来。渔网显得很沉重，老渔夫心想，这肯定是一条大鱼！于是他用尽全身力气拼命往上拉。众人也赶过来帮忙，渔网终于拉上来了，一看，却不是什么大鱼。原来只是一口大箱子，箱子还上了锁。大家都觉得很奇怪。因为有言在先，哈里发国王命令宰相取来一百个金币作为报酬，奖赏给了老渔夫，老渔夫高兴地接过来，喜滋滋地走了。

「名师点拨」从老渔夫的事件结尾中又引出一个新的情节，情节的安排十分巧妙，前后文衔接自然，整个故事环环相扣，吸引读者继续向下品读。

箱子被抬到了王宫中，哈里发命人撬开箱子。一看，箱子里竟是些大大小小的石头，难怪如此沉重。石头下隐隐约约还有个盒子，哈里发命人打开盒子，众人止不住惊呼出声。原来盒子里竟然是一具被肢解了的女尸，身体已经七零八落了，但是即使如此，也隐约可以看出生前是一位美丽的女子。

「专家解疑」

国泰民安：国家太平，人民生活安定。

安居乐业：安定地生活，愉快地工作。

无法无天：无视法纪与天理，形容人毫无顾忌的胡作非为。

水落石出：水落下去，石头就露出来，比喻真相大白。

哈里发国王见此情景，不禁火冒三丈，他想：大臣们总跟我说国泰民安，各地的官员也总说人民安居乐业，如果真是如此，怎么还会发生这样惨不忍睹的事情，简直天理难容！我一定要仔细严查这件事情，还这可怜的女尸一个公道！给各地官员一个警醒！他先命人厚葬了女尸，然后转身对宰相喝道：“竟然在我王宫的不远处出现了这么残忍的事情。我绝对不会准许在我统治的王国出现这种无法无天的事！这件事，我一定要查个水落石出。还有你们这些负责京城的法律的官员，我命令你们立刻查出凶手是谁，否则明天早上我就在王宫门口将你们统统绞死！”

拉法尔俯身跪在地上，吓得瑟瑟发抖，请求哈里发国王道：“圣明的陛下啊，请允许给我三天的时间吧。”哈里发想了想，同意了宰相的请求。

宰相诚惶诚恐地领命离开了王宫，一边走一边想：女尸是大家亲眼看见从河里捞出来的，箱子里除了一堆尸体和一些石头之外一点儿线索都没有，我该从何下手才好？他绞尽脑汁也想不出一个好办法。

「专家解疑」诚惶诚恐：惶恐不安。原是君主时代臣下给君主奏章中的套语。

拉法尔怀着满腹心事回到家中，派出所有人到城里明察暗访，希望可以找到一点点有用的线索。可是要找到像这样的无头案的线索无异于大海捞针。三天时间很快就过去了，派出去的人都无功而返。拉法尔垂头丧气地坐在家中，一筹莫展地静待命运的安排。

「好词好句」
明察暗访
无功而返
*可是要找到像这样的无头案的线索无异于大海捞针。
*拉法尔垂头丧气地坐在家中，一筹莫展地静待命运的安排。

第四天一大早，哈里发国王就命人传拉法尔到王宫复命。拉法尔战战兢兢地跪在哈里发国王脚下，等待发落。哈里发问道：“三天时间已经到了，凶手找到了吗？”拉法尔回答说：“尊敬的国王陛下，我已经用尽我所能想到的所有办法，但是一点儿线索都没有找到。像这样毫无头绪的案子，要在短短三天时间找到那个凶手如同大海捞针哪！”国王听后勃然大怒，说：“整整三天你竟然一点儿线索都找不见，我怎么跟我的臣民们交代，你虽不是真凶，却和帮凶无异！”说完，哈里发立即下令在皇宫前面对拉法尔等人施行绞刑，并且命令全城老少前来观看，他要用这个办法来警告坏人。

「名师点拨」这个案子毫无头绪，要在短短的三天里查出真相确实有些强人所难，查不出就要对他们施行绞刑未免太过残忍，令人同情。

听到命令，大家都拥向王宫门前的广场。一时间，广场上挤满了密密麻麻的人，大家都十分同情地默默地注视着宰相及其他即将被执行死刑的人们。

士兵把拉法尔带到绞架下，等候国王最后的命令。

「名师点拨」在宰相就要被处死的时候，一个自称真凶的青年出来自首了，故事的发展更加曲折，也使这个案子的真相变得更加扑朔迷离。

忽然，人群中传来一阵骚动，一个仪表不凡、穿戴整齐的青年拨开众人，挤到前面来。年轻人走到宰相面前，俯下身对宰相行礼，并且说道：“尊敬的宰相大人，您不应该被判处死刑，我才是真凶。是我谋杀了箱子里那个女人，请把我绞死吧！”

拉法尔惊讶地瞪大了眼睛，他不知道这个俊美的少年在这个时候为什么要当众自首，要知道这是杀头的大罪啊。但是一想到如此一来，自己就会无罪释放，不禁深深地松了一口气。这时，意想不到的一件事情发生了，只见一个头发花白、步履都有些蹒跚的老人一边拼命挤出人群，一边大声说道：“宰相大人，请不要轻信这个年轻人的一面之词，那个女人是我杀死的。我才是真正的凶手，请您把我交给国王陛下处置吧。”那个年轻人忙说：“请大家不要相信这位老人家的话，他已经老了，糊涂了，根本不知道自己说的是什么，箱子中的女人是我杀的，我才是真正的凶手，请宰相大人惩罚我吧。”

「专家解疑」
蹒跚：腿脚不灵便，走路缓慢、摇摆的样子。
一面之词：争执双方的一方所说的话。
古稀：指人七十岁（语本杜甫《曲江》诗“人生七十古来稀”）。

老人转过身去对青年说：“孩子，你不要再跟我争了。你还年轻，人生才刚开始，后面的路还很长，很多美好的事情还等着你去经历。而我，年近古稀，活不了几年啦，对人生已经没有什么遗憾啦。”他又看着宰相说：“请宰相大人立刻处死我吧！”

这一老一少两人在众目睽睽下争相说自己是杀人凶手，宰相拉法尔越听越糊涂，左右为难，竟然不知道如何是好，于是，只好将老少二人带给哈里发国王判决。

「名师点拨」本来是一个毫无线索的无头案，现在却有两个人出来自首，从宰相被送到刑场执行死刑到青年人和老年人的纷纷自首，可谓是一波三折，故事情节非常曲折，引人入胜。

哈里发看到拉法尔不仅没有被执行绞刑，还带来两个人，十分诧异地问这两个人的来历。

拉法尔说：“陛下，杀死女子的真凶自首来了。这个青年说自己是杀死女子的凶手，但是这个老人家也站出来，坚持说自己才是杀死女子的真凶，罪臣愚钝，一时也分不清谁是真凶，所以把二人带来，请陛下明断。”

哈里发看着这一老一少，问道：“你们两个，究竟是谁杀死了箱子里的女人，从实说来。”

“是我杀死的。”青年回答道。

“不，是我，是我杀死了那个女子，并且把她装在了箱子里。”老人抢过话去。

哈里发一时也不知道该怎么办了，总不能将这两个人都处死了。如果这起案件仅仅只是一个人所为，那么对另外那个无辜的人就太不公平了。

正在沉思间，青年又说：“尊敬的陛下，我肯定我就是真正的凶手。是我杀死了她，并且把尸体分成了十九块装进了箱子，我害怕箱子浮起来被人发现，所以在箱子里装满了石头。”说到这里的时候，青年哽咽了：“请求陛

「专家解疑」
无辜：①没有罪。②没有罪的人。
哽咽：哭时不能痛快地出声。

下立即下令处死我吧！”

哈里发一听，这个青年描述的和箱子里的情况几乎一模一样，断定他肯定就是真凶了。哈里发正要宣判，忽然又想：“明知道凶手会被处死，他还要来自首，这是为什么呢？这里面肯定有什么我不知道的隐情。”

他问青年：“那么，你为何要杀死她呢？”

“说来话长，事情是这样的，”青年说道，“这个死去的女人是我的妻子，面前这位老人是我的岳父。我与妻子从小青梅竹马，两小无猜，长大结婚后，更是互敬互爱，羡煞街坊邻里。不仅如此，妻子还为我生下三个可爱的孩子。可是人有旦夕祸福，本月初的时候，

「专家解疑」
青梅竹马：李白《长干行》：“郎骑竹马来，绕床弄青梅。同居长干里，两小无嫌猜。”后来用“青梅竹马”形容男女小的时候天真无邪，在一起玩耍（竹马：儿童放在胯下当马骑的竹竿）。现多指夫妻俩或恋人从小就相识。

不知道什么原因她生病了，当时因为忙于每天的工作，也没有太在意。没想到没过几天，她竟然已经卧床不起了。我请遍了城里的医生为她诊断，花光了家里的积蓄，但是没有人知道她的病因。眼看她日渐憔悴，我的心都碎了。有一天，她跟我说她想吃苹果，可是这个季节哪里会有苹果呢？我祈求真神安拉垂怜，让我找到一个，哪怕就是一个金币换一个小苹果也好。但是我跑遍了城里大大小小的市场，竟然一个都没有找到。我听路过的商人说，这个季节只有巴索拉的市场也许还会有苹果卖。于是，我不顾辛劳，日夜兼程赶到巴索拉，用仅有的三个金币换回了三个苹果，然后又马不停蹄地赶回来。没想到，妻子接过苹果只是闻了闻，却说她现在又不怎么想吃了，叫我放在桌子上。虽然还是诊断不出病因，但在我的百般呵护下，病情总算渐渐有了好转。

「专家解疑」
憔悴：形容人瘦弱，面色不好看。

「名师点拨」
妻子病了，青年对她的照顾无微不至，还不辞辛苦地为妻子买了三个苹果，可见这个青年跟妻子的感情很深。妻子并没有吃掉那三个苹果，这一情节的描写又为下文做了铺垫。

“看到她这样，我总算稍稍松了口气，才安心出门做生意去了。那天，我正在店铺中忙碌地招呼着客人，偶然看见一个健壮的黑奴从店铺门前走过，一边走还一边摆弄着手里的一个苹果。我心想，难道城里现在也有苹果卖了？那我应该去打听一下，这样也好多买些回去送给妻子，免得她不舍得吃。于是，我就叫住了那个黑奴，问他苹果是哪里买来的。那个黑奴冲我笑笑，凑到我耳边小声地说，哪里是买来的，这个季节咱们这里怎么会有苹果卖呢，他得意地说，是他的情人送给他的。他说他们分别多日，前一阵因为她突然生了重病，她的丈夫日日夜夜守候，没有机会约会，现在她的丈夫出门做生意了，于是他便去找她。在她的床边放着三个苹果，她说是她丈夫特地到巴索拉花了三个金币才买回来的，她送给我一个，说现在这个季节，咱们这里是不会有苹果卖的，所以是很难得的呢。黑奴说完，把玩着苹果笑呵呵地扬长而去。难以压抑的怒火瞬间涌上心头，我只觉得头晕眼花，都不知道是怎样走回到家里的。我只记得迷迷糊糊之间，看见妻子的床头确实只剩下两个苹果了，于是我气急败坏地问她还有一个苹果哪去了，是不是被她吃掉了。没想到，她眼睛都没有睁开就回答我说，她没有吃，但是她也不知道那个苹果到哪里去了。

「专家解疑」
扬长：大模大样地离开的样子。
气急败坏：上气不接下气，狼狈不堪，形容十分慌张或愤怒。

“这个回答不是足以说明那个黑奴说的属实了吗？*我快气死了，所以随手拿起桌上的刀子，狠狠地向她刺过去。她拼命抵抗，求饶，但是愤怒已经使我失去了理智，只顾朝她乱刺，渐渐地她没有了一点儿动静。*即使这样，我还是没有解气，脑子里想象着她和那个黑奴的种种，又将她的尸体剁成了好多块，然后拿了一个家中不常用的箱子，把她的尸体装进去，用锁锁上了。到了夜深人静的时候，我悄悄运到河边，因为担心过些时日箱子会浮起来，还特意捡了好多石头放进去，这才把箱子推进河里。事情就是这样的。尊敬的国王陛下，请您立刻下令处死我吧。我是

「智慧引路」
青年并没有给妻子任何辩解的机会，仅凭黑奴的一面之词就愤怒地把妻子杀害了，酿成了无可挽回的悲剧。我们在任何时候都要保持理智，认真分析事情的来龙去脉，不能妄加判断。

罪有应得。”

“既然如此，那你还敢回来自首？你不要以为自首我就会从轻发落你！来人啊！拖出去，立刻处死！”哈里发生气地说。

“等等，”拉法尔对士兵示意，接着又对哈里发国王说：“陛下，我觉得这件事情有一个大大的疑点。这个青年明知道杀了人要被绞死，为什么还要回来自首呢？没有人会不爱惜自己的生命。所以我觉得他似乎还有什么隐情没有说完呢。”

「名师点拨」故事发展到这里，还有很多疑问没有解开，比如，青年人的妻子是否真的是黑奴的情人？这个苹果到底是怎样落到黑奴的手中的？因此宰相和国王才会令青年继续讲述事情的原委。

国王接受了拉法尔的建议，看了那个青年一眼，命令道：“那么，你赶快把事情完整地说出来吧！”

“是的，”那个青年继续说道，“当我把箱子推下水之后，看着它一点点被河水淹没，我心里悲痛万分，因为即便是妻子背叛了我，我还是没有办法不爱她。我恍恍惚惚地回到家中，听到我的孩子在被窝里嘤嘤地哭泣。难道他知道了他母亲的事情了？我打起精神走进他的房间，抱起他，问他：‘这么晚了你怎么还不睡呢？’他伏在我怀里，哭了好一会儿，说：‘早上的时候，我和弟弟去妈妈的房间，想看看妈妈身体有没有好一点儿，却看见你昨天给妈妈买回来的苹果都放在妈妈的床头。我和弟弟很想吃苹果，就趁着妈妈还没睡醒，偷偷拿了一个。我们正在街角争吵该怎样才能公平地分苹果的时候，一个长得很强壮的黑奴从

「专家解疑」嘤嘤：拟声词。形容鸟叫、啜泣等的声音。

我们身边经过，他看见我手里拿的苹果，就非说我的苹果是从他家里偷来的。我辩解说这是我爸爸特意去巴索拉花了三个金币才买回来，送给我重病的妈妈的。城里根本就没有苹果卖，除非他到巴索拉去买。没想到黑奴恼羞成怒，将我推倒在地，然后把苹果抢走了。我和弟弟追了半条街，可是他实在跑得太快了，我们没有要得回来。爸爸，这个事情请你一定不要告诉妈妈，你怎么惩罚我都行。’我紧紧地抱着儿子，泪水止不住地流下来。

“直到这时，我才知道，我冤枉了无辜的妻子。我轻信黑奴的片面之词，甚至都没有给我可怜的妻子一个辩解的机会，就残忍地将她杀害了。我是多么懊恼和悔恨啊，好几次我都想结束自己的生命去陪伴我那可怜的妻子。可是我低头看看身边的三个孩子，寻死的心只好暂时搁置起来。我心里非常绝望，就去岳父家，想把孩子托付给年迈的岳父，然后就追随妻子而去。岳父听了事情的经过，悲痛欲绝，我们忍不住抱头痛哭起来。但是事情已经无法挽回，我唯一能做的就是照顾好这三个孩子，以慰妻子在天之灵。这些日子，我一直都在暗暗寻找那个黑奴，没想到，他仿佛沉入大海，竟然一点儿消息都没有了。事情的经过就是这样的，尊敬的陛下，请求您马上绞死我，还我妻子一个公道。只有我死了，我那可怜的妻子才会得到安慰！”

听了青年说的故事，哈里发不免动了恻隐之心，他摇

「好词好句」
辩解
恼羞成怒
＊这些日子，我一直都在暗暗寻找那个黑奴，没想到，他仿佛沉入大海，竟然一点儿消息都没有了。

「名师点拨」
故事的发展出人意料，因为一个误会引发了如此悲痛的血案，实在是令人难过。而制造误会的那个黑奴也是不可饶恕的，不考虑后果就任意编造这样离谱的谎言真是让人痛恨。

「专家解疑」
恻隐：对受苦难的人表示同情；不忍。

摇头，说："我不会绞死你。虽然你也有罪，但罪不至死，并且情有可原。罪魁祸首是那个可恶的黑奴，我一定要公平地判决这个案子。你带上你的岳父回家去吧，以后要赡养老人，抚养孩子，不得怠慢。"

随后哈里发又对拉法尔说："限你三天之内把那个黑奴找出来。否则，你就替他顶罪吧！"

拉法尔从来没有觉得像现在这样倒霉过，厄运再一次降临了。他请来画师，根据那个青年和孩子的描述，画下了黑奴的模样，贴在城中人流量最多的地方，然后在家中等待，希望有知情人到家中给他带去好消息。三天很快过去了，一点儿消息都没有。夜幕降临的时候，宰相请来法官和律师，立下遗嘱，然后吩咐家仆叫来家中所有人，交代后事。拉法尔心事重重地抱起小女儿，想着从此以后再也不能见到她了，禁不住湿了眼眶。

第二天鸡刚叫过第一遍，哈里发国王派来的士兵就已经来了，拉法尔依依不舍地和家人做最后的告别。突然，小女儿从屋里飞奔出来，扑进他的怀里，一面哭着一面从口袋里掏出一个苹果，说是要给他吃。天无绝人之路啊，拉法尔惊呆了，难道真神安拉又一次眷顾了他？他又惊又喜，几乎说不出话来。过了好一会儿，他才小心翼翼地问女儿："女儿，你的苹果从哪里来的？"女儿回答说："爸爸，这个苹果是我从咱们家黑奴雷汉那里买来的，我还给

「专家解疑」

情有可原：按照情理，对出现的某种情况有可以原谅的地方。

赡(shàn)养：供给生活所需，特指子女对父母在物质上和生活上进行帮助。

「名师点拨」

就在拉法尔被送去执行死刑的时候，事情再一次出现了转折，贯穿整个故事的线索——那个苹果又出现了，而编造谎言、制造误会的罪魁祸首也即将落网。

了他两个金币呢。”

拉法尔马上派人把黑奴雷汉找来，问他道：“这个苹果你是从哪里弄来的？”

黑奴回答说：“尊敬的主人，这是我托朋友从巴索拉花了两个金币买回来的。”

“那请出你的朋友来对质吧。”拉法尔说。黑奴趴在地上支吾着不说话。

「专家解疑」

对质：诉讼关系人在法庭上面对面相互诘问、辩驳，泛指和问题有关联的各方当面对证，以澄清事实。

支吾：说话含混躲闪；用含混的话搪塞。

拉法尔厉声喝道：“该死的黑奴，你还不说实话！”

黑奴只好说出了事情的经过。他说：“那天，我像往常一样，工作完了就到街上转一圈。经过一个小巷子的时候看见两个小孩儿在

那里吵吵闹闹，本来我也没怎么在意，可是我一晃眼看见比较大的那个小孩子手上挥舞着一个苹果。您知道，这个季节在城里，苹果是个稀罕的东西。我就问小孩儿苹果是哪里来的，小孩儿跟我说那是他爸爸特意从巴索拉买回来给他患重病的妈妈的。我看了看四下无人，就抢了苹果跑了回来。这就是苹果的来历。请主人饶恕我吧，我以后再也不做这样的事了。”

拉法尔终于找到那个罪魁祸首了，他恨不得立刻就把这个可恶的黑奴掐死，因为黑奴的一点儿贪念，他已经在鬼门关徘徊两次了。

「智慧引路」
因为黑奴的一点儿贪念，原本幸福美满的家庭支离破碎，而宰相拉法尔更是两次险被处死，这个故事也给我们以警醒：要做一个安分守己的人，不能因为自己的贪念而无事生非。

他忍住愤怒，命人将黑奴绑起来，带去见哈里发国王。

黑奴见到哈里发国王，对自己犯下的罪行供认不讳。于是，哈里发下令处死黑奴，立刻执行，并且要文武官员和全城百姓都到广场去观看，用以警诫那些无事生非、扰乱社会秩序的人。

名家品评

在这则故事中因为一个苹果，因为一个人的一点儿贪念就引发了一个无比悲惨的命案，让一个原本幸福美满的家庭瞬间支离破碎，所以，在生活中一定要注意自己的言行。那些无端造谣生事、扰乱社会秩序的人一定会受到严惩的。同时，在这则故事中我们还可以看出一个好的领导人对国家的重要性。

阅读思考

1. 哈里发国王为什么要去微服私访？
2. 那个女人是被谁杀害的？她为什么会被杀害？
3. 国王最后为什么会惩治黑奴雷汉？

偷走狗食盆的人

从前，有一个生意失败而欠下很多债务的可怜人，他决定离开家乡，去外面碰碰运气。一次，他无意中进入了一座金碧辉煌的城堡中，这座城堡中有一只狗不仅让他吃自己的食物，还让这个人把自己的金食盆带走了。这个狗食盆给这个可怜人的生活带来了什么样的改变呢？这座城堡又发生了哪些改变？快点走进这个故事，去寻找答案吧。

从前，有一个因为生意失败而欠下别人很多钱的可怜人。每天债主都会到他家里要债，可是他根本就没有偿还债务的能力。没有办法，他只好收拾包袱，远走他乡，希望到别的地方可以碰见好的运气。

他漫无目的地往前赶着路，也不知道过了多久，终于看到人烟渐渐多了起来，不远的地方一座金碧辉煌的城堡拔地而起，城堡里往来的人们络绎不绝。这个可怜人又累

「好词好句」
漫无目的
＊不远的地方一座金碧辉煌的城堡拔地而起，城堡里往来的人们络绎不绝。

「专家解疑」
拔地而起：形容山峰、建筑物等陡然矗立在地面上。

「专家解疑」
失魂落魄：形容心神不定非常惊慌的样子。

又渴，疲惫不堪。他混在往来的人群中也进入了城堡，他失魂落魄的，也分不清方向，只管跟着往人多的地方走去。

「好词好句」
簇拥
庄重
*只见在大厅尽头打开了一扇门，几十个衣着不凡的奴仆鱼贯而出，垂手站立在门的两侧。

突然，人群静止下来，可怜人踮起脚尖往前望去。只见在大厅尽头打开了一扇门，几十个衣着不凡的奴仆鱼贯而出，垂手站立在门的两侧。一个俊美的少年由一些奴仆和宦官簇拥着走了出来。有人小声说着，这是当今宰相的儿子。可怜人看见这种庄重的场合，惊呆了，开始有点儿懊悔自己当初不应该踏入这座豪宅。那位少年跟大家致意，请大家随便吃喝，尽兴玩乐。望着满屋的达官贵人和奴仆，这个可怜的人诚惶诚恐地退到一个无人留意的角落。

他小心翼翼地藏到角落里，虽然肚子饿得咕咕直叫，却也不敢擅自去取东西吃。

「名师点拨」
通过对这四只狗的穿着打扮、所吃、所用的描写可以看出，作为宠物尚且如此奢靡，更别说它们的主人了，从侧面表现了主人的富有和安逸。

这时，一个穿着红色衣服的奴仆走了过来，他手里牵着四只狗。这四只狗一看就不是一般的狗，因为它们身上都是披着绫罗绸缎的，脖子上还戴着黄金打造的项圈。它们不仅有专门的吃东西的地方，连盛食物的盆子都是金灿灿的。更不要说它们的食物了，比这个可怜人这一辈子吃得最好的食物还要好。饥肠辘辘的他恨不得冲上前去和那些狗一起分享令他垂涎欲滴的美味狗食，但他又害怕遭受狗的攻击，所以就忍住了。

令他兴奋的是，其中一只狗好像非常有灵性。它一直盯着这个可怜人的一举一动，似乎明白了他的意思，只见它撇过头去，不再看他，似乎在示意他去吃这些食物。可怜人试着往前探探身，这只狗没有一点儿反应，他又试探地拿起盆子里的一个鸡腿，狗看都不看他一眼。他终于放心，走上前去狼吞虎咽地吃了起来。直到他吃得撑了，狗盆里还有一大半呢。他摸摸肚子，也不管那只狗能不能听懂，只管谢了它，就准备离开。哪知道更令人称奇的还在后头呢，它居然用前爪把金盆推向了可怜人。于是，他趁别人不注意偷偷地把金盆藏进怀里，然后离开了这所豪宅。

*可怜人辗转到另外一座城市，高价卖掉了这个金盆，用换来的钱财购买了一批货物返回家乡。他用倒手卖掉这些货物的钱，不但还清了以前所欠下的债务，还剩下了一些。可怜人有了本钱，又开始开店做生意了。因为运气不错，没过几年，可怜人就成为本地有名的富人。*但是，每每回忆起自己从当初的一贫如洗到现在的衣食无忧，他的心里总是充满了无限感激。他暗下决心，一定要再去拜访那个金盆子的主人，还有那只狗，也要重重感谢它。

于是这个富翁带上许多贵重的礼物和仆人出发了。他日夜不停地赶路，过了好多天才到达当年那座城堡。只是那座城堡现在已经破败得不成样子了，只有从城堡的轮廓中仿佛还能看见当年的络绎人群和富丽堂皇。主人和奴仆们早已不在，更何况当年救命的那只狗。但他猜想城堡的主人一定是搬迁到别的地方去了。于是他命令他的仆人们

「智慧引路」
因为一个金盘，可怜人的命运发生了改变，他不但还清了债务，还通过自己的努力成为了大富翁。所以说，人生难免会遭遇挫折，只要不放弃，一定会有机会闯过难关，收获幸福的。

「专家解疑」
一贫如洗：形容穷得一无所有，就像被水冲洗过一样。

到附近打听打听。

这个富人坐在城堡的废墟上不胜唏嘘，感叹着世事无常。这时，富人发现路对面走来一位衣衫褴褛的人，他非常瘦弱，简直就是皮包骨头，他的惨状不禁使富人想起曾经的自己。“他一定很需要别人的帮助。”富人这么想着，于是叫住了他，对他说：“你一定是遇到什么困难了才会像现在这样衣食无着的吧？我可以帮助你。”说着，从口袋里掏出两个金币递给那个人。没想到那个衣衫褴褛的人看都没看那两个金币一眼，兀自看着这座已经破败的城堡，喃喃自语地说道：“我曾经也是个极其富有的人，这座城堡都是属于我的。那时的我真是富如王侯啊，哦，这座城堡是我亲自设计和建造的。我使它金碧辉煌，熠熠生辉，我每天都会邀请人们到这里来唱歌、跳舞，奴仆和侍从们成群结队，我还有四只心爱的狗，那真是一段快乐的时光啊！”富人诧异地看着他，怎么也不相信这个蓬头垢面、衣衫褴褛的流浪汉就是这座城堡的原主人，但是他竟然知道有四只狗，那么肯定就是原主人了。

「名师点拨」富人看到曾经像自己一样孤独无依、衣食无着的人就会心生怜悯，慷慨地提供帮助，可见他是一个不忘感恩、乐于助人的人，相信正是他身上的这些美好品德才使得他可以战胜苦难。

「专家解疑」

熠（yì）熠：形容闪光发亮。

蓬头垢（gòu）面：形容头发很乱，脸上很脏的样子。

天翻地覆：①形容变化极大。②形容闹得很凶。

这个富人心中涌起一阵酸楚，于是他把自己的经历对眼前这个穷困潦倒的人说了一遍。最后，他又说道：“我特意为你准备了礼物作为谢礼，请你一定要接受。因为你的狗送给我的金盆使我的命运有了天翻地覆的变化，把我从贫穷的命运中彻底解救了出来。我是衷心地想给你提供

帮助，希望你能收下这些浅薄的礼物。”

但是这个潦倒失意的人听完之后却摇了摇头，怎么也不肯相信会有这样的事情，他说：“如果你说的是真的，那么你肯定是疯了！任何一个正常人都不会相信这样蠢笨的话的。一只狗怎么可能会知道把一个金盆送给人呢？你就行行好，不要用这些愚笨的话来戏弄我了，我是不会相信的。就算我饿死在没有人烟的地方，我也绝对不会接收陌生人的馈赠的，所以你还是收回去吧。”说完，这个衣衫褴褛的人就头也不回地走了。

「专家解疑」
戏弄：耍笑捉弄；拿人开心。

名家品评

故事一开始的那个可怜人因为得到一只狗的金食盆而逐步成为富有的人，而这只狗的主人却渐渐变得贫穷了。其实，这个可怜人之所以会变得富有最重要的不是因为这个狗食盆，而是因为他自己肯努力；相反，城堡的主人落魄后仍不思进取，对于别人的帮助也满不在乎，只会越来越穷困潦倒。所以，我们要做一个努力上进、乐于助人并且心存感恩的人。

阅读思考

1. 故事中的可怜人为什么要远走他乡？
2. 这个可怜人是怎么还清债务并逐步成为富人的？
3. 城堡的主人为什么不肯接受可怜人的帮助？

一个女人与五个男人的故事

有一个美丽的妇人，她的情人因为跟人发生口角而被关入监狱。为了救出情人，她先后去找了警察署长、法官、宰相和国王，请求他们的帮助，但是他们都对这个美丽的妇人有非分之想，于是妇人分别和他们约好去她家约会，还去木匠那里做了一个柜橱。这个妇人为什么要这样做？那个柜橱又是用来做什么的？接下来就让我们一起去看看这个女人与这五个男人到底发生了怎样的故事吧。

相传古代有一个出身商家的女人，婚后丈夫常年在外打理生意。有一次，丈夫去了一个遥远的地方，很长时间都没有回家。妇人日日夜夜地想念他，由于寂寞难耐，她和另一位商人的儿子相爱了。这个年轻人俊俏潇洒，两个人一见钟情。

一天，年轻人在外边和别人吵架，被别人告到官府里，

「专家解疑」
潇洒：（神情、举止、风貌等）自然大方，有韵致，不拘束。

又和警长发生了矛盾，最后被关入监狱。消息传到了这个妇人的耳朵里，她焦急万分，于是就穿上最美丽的衣服，把自己打扮得漂漂亮亮的，来到警长的家里。见到警长以后，她就呈上一个书面请求，上面写道："我弟弟仅因和别人发生争执，遭人陷害，身陷囹圄。由于我孤身一人，平时生活全靠他来照顾，所以来拜访警长，请您大发慈悲把他放了吧。"

警长看了以后，就色迷迷地盯着她看，对她说："你到我的屋子里来，我就把他放了。""尊敬的警长，"女人说道，"我一个妇人，没有人保护我，我是不会随便进入陌生男人房间的。"警长固执地说："如果你不到我的屋里来，我是绝对不会放人的。"妇人很无奈，只好说："如果是这样的话，您还是去我家吧。那样我们就可以自由自在地度过一整天了。""那你告诉我，你住在什么地方？"警长问。妇人把住址告诉了警长，并且约定了日期，然后就离开了。

警长的心也伴随着妇人一道离开了。然后，妇人又来求见法官。

她大声叫道："法官大人！"法官笑眯眯地说："有什么事吗？"妇人说："请您为我做主！"法官问道："谁欺负你了？"她说道："法官大人，我有一位兄弟和别人发生了口角，而那几个证人却颠倒黑白，最后警长把我弟

「专家解疑」

囹(líng)圄(yǔ)：监狱。也作囹圉。

颠倒黑白：把黑的说成白的，把白的说成黑的，比喻歪曲事实，混淆是非。

「名师点拨」

警长作为一个应当为人民伸张正义的官员，不仅办案草率，而且还贪恋妇人的美色，要挟她顺从自己，有这样的官员真是人民的不幸啊！

弟关入了监狱。我弟弟是无辜的，请求大人为我做主！”

法官两眼直勾勾地盯着她瞧，就说：“你先到我的屋中歇息片刻，我再传下命令叫警长把你弟弟放了。你要把我服侍高兴了，就是罚金我都可以替你交的。”妇人听了以后说：“既然法官大人都这样，那别人这么做就不足为怪了。”“如果你不想进屋，那就随便吧。”那个少妇说：“老爷如果真想这样，不妨到我家里来。这儿人太多，难免乱讲话；何况我一个妇道人家不能随便进出男人的家里，在我的家里反而会安全一些。”法官说：“那你家在什么地方啊？”妇人把自家的地址告诉了法官，讲好了约会的时间，她就离开了。

「名师点拨」这个少妇对法官做了跟警长一样的约定，她究竟是想做什么呢？又将如何救出自己的情人？此时，并没有将少妇的心理活动描述出来，而是给我们一样设下悬念，引导我们向下阅读。

离开法官家，妇人直接向宰相家走去，期望宰相可以开恩宽恕她的情人。但是宰相却和法官一样看上了她的美貌，说：“如果我能得到你，我就饶恕你的弟弟。”妇人又和宰相约定了见面的地点和时间：“那您还是来我家里吧。我家距离相府很近，这儿人多嘴杂，何况，奴婢把寒舍打理得又干净又舒服。”

「智慧引路」妇人从警长一直告到国王那里，却没想到即便是高高在上的一国之君，也是对她有着非分之想。其实，越是位居高位也就越应该以身作则，否则，下面的人会更加无法无天。

离开宰相家，妇人又去求国王，对国王说了自己的事情，希望国王可以帮助她。国王问道：“是谁监禁了你的兄弟？”“是警长。”妇人说道。*国王了解了整个事情以后，看到妇人颇有几分姿色，就要求妇人去一间屋子里，并说包管让法官把她的兄弟放了。*妇人又说：“国王陛下，对您来说，这只不过是一件**轻而易举**的小事罢了。如果国王能够看上我，这是我的幸运。但是，陛下来寒舍也许会更安全些。”

「专家解疑」轻而易举：形容事情很容易做。

于是妇人和国王约定了一个见面地点和时间，随后离开了王宫，走到一个木匠店铺内。妇人对木匠说：“你给我做一个柜橱，上下一共四层，每一层分别有一扇门，并能够单独锁起来。一共需要花多少钱？”木匠回答道：“一共需要四个金币。但是敬爱的夫人，如果你能好好地服侍我，我就一分钱不要了！”

妇人又说：“你非要那样的话，那就再加一层吧！”

随后她又与木匠约定了和前四个人一样的见面地点和时间。木匠兴高采烈，高兴地说：“那太好了！尊敬美丽的夫人，你请坐，我这就为你做，到时候我一定会去拜访你的。”

妇人就坐在一边看着木匠卖力地替自己做柜橱。柜橱做完后，妇人认真地检查了一下，就叫木匠抬回家里。然后，妇人又选了四件布衣服来到一个洗染房，叫染匠把四件衣服染成四种不同的颜色，随后就回家预备酒菜、水果、鲜花和香水。

「名师点拨」妇人先是约定了五个人，现在又做了一个可以分别装下五个人的柜橱，还买了四件衣服并染成不同的颜色，虽然不知道它们具体的作用，但这必定是跟妇人与那五个人的斗争有关。

过了不久，他们约定的时间就到了，妇人换上最漂亮的衣服，精心装扮了一番，身上洒了一些香水，屋子里铺上各种各样高级的地毯，坐下来静静地等候“客人”的光临。

一看到先来的法官，妇人笑脸相迎，跪地亲吻地面，拉着他的手引到客厅。妇人说：“法官大人，您先穿戴上这件黄色衣服与这条头巾吧，我给您拿酒菜来。吃过以后，我一定会满足您。”说着，妇人就拿来衣服和头巾。法官刚刚穿好衣服，就传来一阵敲门的声音。法官连忙问：“什么人在敲门？”妇人说：“可能是我的丈夫回来了。”法官问道：“这可怎么办？我藏哪儿让他发现不了我？”妇人说：“别害怕，您躲到这个大柜子里去吧。”他说：“那好，就按你说的做吧。”

「名师点拨」原来，妇人做这个柜橱是用来锁这五个男人的，接下来，我们就来看看妇人是怎样机智地把剩下那几个人一一锁进去的吧。

妇人帮法官爬到最底下的那层柜橱里，然后把柜门锁上，随后去开门。原来是警长来了。妇人吻了警长面前的地面以后，挽着警长的胳膊来到客厅。警长坐下以后，妇人说：“尊敬的警长，这儿就是您的家，今儿我完全属于您。但是，先请您穿上这身红色的衣服，这是您的睡衣。”然后，妇人又把警长的衣服收起来，叫他穿上红色的便衫，戴上头巾，随后坐在警长的身旁和他喝起酒来。两人谈笑了片刻，妇人用带着不满的口气说：“警长，不要着急，您先帮我写个释放我兄弟的文书吧。有了这个文书，我就会放心了。”“没问题。”警长用手拍打着自己的胸脯说，立刻就给监狱长写了一封信，信里说：“当你见到此信的时候，请马上释放这个人。”警长把信写完，封好口交给了妇人。妇人刚接过信，突然又传来了敲门的声音。警长问：

「专家解疑」文书：①指公文、书信、契约等。②机关或部队中从事公文、书信工作的人员。

“是什么人哪？”“可能是我的丈夫回来了。”妇人答道。警长问：“那该怎么办呢？”妇人说：“不要担心，您到这个柜子中躲藏起来，待他离开后，您再出来。”于是警长钻进从底层数第二个柜子里，妇人把柜门关上，然后上了锁，就去开门。而这个时候，藏在最底层的法官把两人的对话听得清清楚楚。

妇人开门见是宰相，便笑脸相迎。妇人吻了宰相面前的地面，毕恭毕敬地把宰相迎进客厅，说道：“宰相大人，您的到来真是让我感到荣幸之至啊！”说完，就挽着宰相的胳膊来到桌边，说：“先把这身厚衣服脱掉吧。”说完以后，她便脱下宰相身上的衣服，为他换上一件蓝色的衣衫，说：“穿上这件衣服就会轻松方便多了，喝酒的时候也会很舒适。”说完以后，就和宰相吃喝起来。二人玩得正高兴，妇人却一把把他推开，说：“宰相大人，时间还早呢，我们谈谈心吧，我弟弟的事情怎么办呀。”就在这时，突然传来一阵敲门的声音。宰相问道：“什么人在敲门？”妇人说：“应该是我的丈夫。”宰相问：“那我怎么办啊？”妇人说道：“您先到那柜子里回避一下，等我叫他离开，您再出来吧，没事的。”她让宰相钻进第三层柜子里，然后把门关上，上了锁，随后去开门。

「专家解疑」
毕恭毕敬：形容十分恭敬。

门外来的是国王。看到国王到来，妇人急忙上前吻国王脚下的地面，拉着国王的手来到客厅里，二人一块儿坐在桌边上。妇人说道："国王陛下驾临寒舍，实在是鄙人三生有幸啊。"待国王坐好了以后，妇人又说："陛下，请您听我说一句话。""你说。"国王和善地说道。妇人娇滴滴地说道："请您先把身上的这套衣服换下来。"国王的衣服可值千金哪！国王把衣服脱下，换上妇人为他准备的破烂衣衫，接着二人就交谈起来。藏在柜子里的三位"贵客"把他们二人之间的对话听得一清二楚，但是谁也不敢出声。妇人对国王说："别着急，让我好好招待您，我先去准备酒菜。"二人正在吃喝、开心享乐时，又传来一阵敲门的声音。国王问道："是什么人？""是我丈夫。"妇人回答说。国王生气地说道："赶快让他走人，否则我会让他吃不了兜着走！"妇人赶紧劝说道："您可千万不要这样，您别着急，我会想办法叫他离开的。"国王急躁地说："那我应该怎么办呢？"妇人又挽起国王的手，叫他在第四层柜子里藏起来，然后她把门关上，锁好柜子。

「专家解疑」三生有幸：客套话，表示难得的好运气（佛教称前生、今生和来生为三生）。

「名师点拨」法官、警长和宰相听到妇人的丈夫归来都是充满惶恐的，但是国王是这个国家的最高首领，因此一点儿都不怕，反而还气势凌人，可以看出作者对每个人物的性格都拿捏得十分到位。

她打开门，原来是木匠来了。刚一进门，妇人就抱怨说："你瞧，你为我做的好柜子！""有什么事吗？尊敬的夫人，有什么不对劲的地方吗？"木匠说。"最上面那一层的柜子太小了。"妇人说。"不可能吧。"木匠争辩道。

"如果不相信，那你自己进去瞧瞧，连你都装不下呢。"

妇人说。“不会的，装四个人都不成问题。”说完，木匠就钻进了最顶层的柜子里。木匠刚刚钻进去，妇人急忙把柜门锁上，然后带着警长写的信径直向监狱里走去。

「智慧引路」
妇人对待不同的人，在不同的情况下分别使用不同的对策，最终成功地将这五个对她图谋不轨的男人都锁进了柜橱里，她的机智、勇敢非常值得我们学习。

监狱长读了警长的信以后，马上把她的情人释放了。妇人将事情的前后经过都对情人说了，情人听了以后，问道：“如今我们应该怎么做呢？”

“不能再在这个城市里待下去了，我们赶快离开这儿。”于是两个人赶紧回到家里，收拾了一些值钱的物品，当晚就赶到别的城市里去了。

那藏在柜子中的五个人已经被关了三天三夜了，但是人都要拉屎撒尿。有一天，木匠实在憋不住了，就在最上面那一层尿了，尿到国王的头上。国王在第四层尿到宰相的头上，宰相尿到警长的头上，警长又尿在最底下那一层的法官头上。此时，法官在最下面再也忍不住了，喊道：“这些脏东西都是谁的啊？难道还嫌我的处境不够惨吗？你们居然还要在我头上拉屎撒尿？”

「名师点拨」
他们这些人都是身在其位不谋其事，却想着欺负手无寸铁的妇人，这样的下场是他们咎由自取，怨不得别人。我们也应当引以为戒，做一个正直、公正、善良的人。

警长听出了是法官的声音，说道：“法官哪，你就不要抱怨了！”这时候，法官也听出了警长的声音，只听警长也在喊：“这些脏东西到底是怎么回事啊？”

上边的宰相回答道：“警长啊，难道你不认为你该享受一下我的恩赐吗？”警长一听说话的是宰相，就不再说

话了。说完，宰相又接着喊道："哎呀，这是什么人弄的脏东西啊？"

国王听出了宰相的声音，为了顾全脸面，国王就没有回话，避免暴露自己的身份。此时，宰相愤愤地说道："但愿真主安拉严惩那个该死的妇人！她将我们骗到这儿。除去国王，我们全上了她的当！"此时，国王再也忍不住了，大声呵斥道："你就少说两句吧，我也被这个小妇人骗了！"

此时，最上面一层的木匠开始喊起来："那我呢？我又犯了什么错？我给她制造了一个四个金币的柜子，我是来向她要钱的，却被她锁在这里头！我才是冤枉的呢！"五个人就开始大吵大喊起来，纷纷诅咒那个妇人。

「名师点拨」明明是因为自己的贪欲造成了现在的后果，这些人却纷纷诅咒把他们关起来的妇人，真是不知悔改。

妇人的邻居们见她房间里已经好几天没有人了，感到非常奇怪，彼此讨论道："前几天还看到那个商人的妻子进进出出的，现在怎么一点儿动静也没有了？我们还是打开门瞧瞧究竟发生了什么事吧。以免闹出什么事情来，要是让国王或者法官知道了，我们可能要坐牢的。"

于是人们就把房门打开，见到客厅里有一个大橱柜，里面还有人在喊饥叫渴。他们商量着把柜子烧掉，但听到法官在里面讲话，邻居们这才放下心来。法官又在柜子中读了一段《古兰经》，又无奈地和邻居说了事情的前后经过。最后邻居才答应找来一个木匠，把五个柜门全打开，法官、

「专家解疑」《古兰经》：伊斯兰教的经典。（古兰，也译作可兰，阿拉伯 Qur’ān，意为"诵读"）。

宰相、警长、国王以及木匠狼狈地从里面爬了出来。

邻居们看着他们的样子，都忍不住捧腹大笑起来。最糟糕的是，那位妇人已经把他们的衣服都拿走了，他们不得不找人回自己的家里拿来衣服，脱掉自己身上又脏又臭的便服，换上自己的官服，灰溜溜地走了。

名家品评

一位美丽的妇人将国家不同阶层的人甚至国王都骗进五层柜橱里，使他们出尽洋相，并顺利救出了自己的情人，表达了人民对于剥削压榨他们的统治阶级的憎恶和反抗。这个故事让人啼笑皆非，甚至有些荒唐，但也同样值得我们深思，作为官员应该严于律己、执法为民，而不是滥用职权、欺压百姓。

阅读思考

1. 妇人为什么要跟这五个人约定见面？
2. 妇人让木匠做一个柜橱是用来做什么的？
3. 这个故事有什么深刻含义？

聂尔曼和努尔美的故事

聂尔曼出生在一个富裕之家，他跟他的女奴努尔美从小一起长大，两个人青梅竹马、两小无猜，长大后他们相爱并结婚了。但是，因为努尔美太美丽了，就被人骗走卖给了哈里发国王，于是，聂尔曼在郎中的帮助下去寻找努尔美。那么，聂尔曼是怎么找到努尔美的？哈里发国王有没有成全他们？让我们一起去感受一下聂尔曼和努尔美之间的美丽爱情吧。

「名师点拨」母女两个人一共只需要五十个金币就可以买下，那个时候，人与人之间是多么不平等，奴隶根本都没有人身自由，可以被主人随意差遣、买卖，非常可怜。

很久以前，在库法城中，有一位叫作拉比尔的富翁。他的家里有很多很多的钱，一家人过着十分富裕的日子。他有一个儿子，名字叫作聂尔曼。有一天，拉比尔去奴隶市场闲逛，看到有人正在出售一个女奴，她怀中还抱着一个非常漂亮的小女孩。

拉比尔向奴隶贩子询问：“这母女俩一块儿买，需要多少钱？”

“一共五十个金币。”奴隶贩子回答道。

“那好，我买下了。你先开一张字据给我，我以后会把钱拿给她的主子的。”

办完买卖手续之后，拉比尔就把这母女两人领到家中。妻子见他领着一个女人和一个小女孩回家，便问：“这女人是谁呀？”拉比尔向妻子解释说：“她是我在奴隶市场看中的一个女奴，就买了下来。我买下这个女奴其实是看上了她怀中的这个小女孩。我能看出来，这个小女孩长大以后，绝对会是一个倾城倾国的绝世美女，在整个国家，甚至是在整个阿拉伯和周边国家，她绝对会是最美的，没有人会超过她的

「专家解疑」

倾城倾国：形容女子容貌很美。（语本《汉书·外戚传》：“一顾倾人城，再顾倾人国。”）

美丽！”“应该是这样的！”妻子听了拉比尔的话，觉得他说得很对。

随后，她就问那女人：“你叫什么名字？”“太太，我叫陶菲格。”“你女儿的名字呢？”“她的名字叫莎尔德。”“很好，莎尔德的意思是‘幸福’。你和你的主人都感到幸福。不过，”妻子转过头对拉比尔说：“我看还是把她的名字改一下吧，你觉得呢？你给她改个名字吧！”“还是你给她取吧！”拉比尔对妻子说。“那么，按照我的意思就叫努尔美吧！努尔美的意思是‘享福’，享福要比幸福好啊！”

「哲理名言」享福要比幸福好啊！

从此，女仆的女儿努尔美和拉比尔的儿子聂尔曼生活在了一起。从小一起成长起来的两人，感情就像亲兄妹一样。转眼间，两个人都长到十多岁年纪了。聂尔曼一直叫努尔美为妹妹，而努尔美也一直称呼聂尔曼为哥哥。

一天，拉比尔对儿子聂尔曼说：“儿子，其实努尔美并不是你的亲妹妹，她是你的女奴。她是我在你还很小的时候，我给你买的。从今以后你就不要再叫她妹妹了。”

聂尔曼听后，对父亲说道：“既然是这样，那我就娶她为妻子吧。”

之后聂尔曼又对母亲说了这件事情。母亲劝阻他说：“努尔美可是你的女奴啊！你怎么能够娶她为妻呢？”

但是，聂尔曼抛开父母的反对，决心要娶努尔美为妻，因为他深深地爱着她。

就这样九年的时光一眨眼就过去了，聂尔曼和努尔美彼此深情而执着地爱着对方，并且最终结为夫妇。*在整个库法城中，没有任何一个女子的美貌能够赶得上努尔美的。随着努尔美一天天地长大，她不仅精通各门学问、熟读诗书，而且歌咏弹唱，样样都非常精通。不仅在美貌上，在才学和能力上，库法城中也没有人能与之匹敌。*

「智慧引路」
努尔美不仅外貌出众，而且她还热爱学习、才能过人，一个人的美丽不仅仅是指她的外貌，更重要的在于她的心灵，只有心灵美的人才是真正美丽的人。

一天，恩爱的夫妻俩正坐在一起有说有笑。努尔美拿过吉他，拨动琴弦，唱起了动听的歌曲，唱过一曲又一曲。她婉转的嗓音，她美丽的歌喉，使聂尔曼沉浸在极大的幸福之中，如醉如痴。在库法城中，到处都流传着赞美努尔美的美貌和才能的言论。

这时统治库法城的人叫哈扎兹，他是一个只会给上边拍马屁而又对下欺压百姓的官吏。他也听到了城中赞美努尔美的言论，便对她有了不轨的企图。他想：“这个叫作努尔美的漂亮的美女，我一定要想方设法把她弄到手，然后把她献给国王哈里发，因为王宫里不仅没有任何一个妃子比她更美丽，而且更没有任何一个人能唱歌比她更动听的。”

「专家解疑」
不轨（guǐ）：指违犯法纪或搞叛乱活动。

于是，他叫来了管家老太婆，对她说：“我要将你派到拉比尔公馆中去，你要结识那个叫努尔美的女奴，然后想方设法把她诱拐到我这里来。”

「名师点拨」通过老太婆去引诱努尔美之前的一番的乔装打扮可以看出，她是一个非常奸猾狡诈之人，很有心计。

老太婆按照哈扎兹的吩咐，她先把自己乔装打扮了一番：把一件粗羊毛衫穿在身上，脖颈上挂一串长念珠，这串念珠足有上千个珠子；手里拿着一根拐杖，在腰中别了一个小水袋。打扮完毕，她便步履蹒跚地向拉比尔公馆的方向走去。一路上，她盘算着用什么样的方法才能把努尔美骗到手。

就这样，她来到拉比尔的公馆时，已经到了中午时分。她敲开大门，看门的见是一个老太婆，便问她是做什么的。她说：“我是一个虔诚的穷老太婆。现在正是祈礼时间，我看这个地方是个吉祥之地，想在这里做祈祷。”“喂，老太婆，这儿可不是做祈祷的地方，这里可是拉比尔大人的私人公馆！”看门人对她喊道。

「专家解疑」
虔诚：恭敬而有诚意（多指宗教信仰）。
祈祷：一种宗教仪式，信仰宗教的人向神默告自己的愿望。
官邸（dǐ）：由公家提供的高级官员的住所（区别于“私邸”）。

“我知道这里是拉比尔的家，而不是礼拜寺。”老太婆说，“不过，我告诉你，我可是国王哈里发王宫中的管家婆，今天老娘就是出来散散心的。”

“不管你是什么人，我是绝对不会让你进去的！”“难道像我这样可以自由出入皇宫和达官显贵官邸的人，连进入拉比尔的私人公馆还要受到你的限制吗？”老太婆故意和看门人大声争吵起来。

这时，聂尔曼正好从此处经过，听见老太婆和看门人争吵的声音，他忍不住笑了起来。然后，他带着老太婆进入屋内。老太婆跟着聂尔曼进到屋中，见到了努尔美，向她致以亲切的问候。老太婆不住地对努尔美上下打量，暗中观察这个绝色美女，心中真是惊叹不已。

「名师点拨」这里借老太婆对努尔美的观察从侧面表现了努尔美的美丽，正是因为努尔美倾城倾国的美貌，才会使得老太婆"惊叹不已"。

随后她说道："我真诚地赞美安拉，安拉给了你和你的主人超凡脱世的美貌。"

说完之后，老太婆便径直走向祈祷室，跪下来进行祈祷，嘴里面还不停地念叨着祷词。就这样，她全天都跪在那儿做祷告，把自己伪装得十分虔诚。这时，努尔美走到老太婆的身边，对她说："大娘，您都祷告了一天了，起来休息休息吧。"

"太太，常言说得好：'谁想在来世过得好，在现世就得受辛劳；谁如果在现世不受辛劳，那么在来世，他就别想过得好。'"老太婆回答道。

努尔美端来可口的食物给老太婆，对她说："大娘，您一整天都在祷告，请您先起来吃点东西再继续祷告吧。同时，也希望您能为我祈祷和忏悔！"

"太太，我什么也不能吃，因为我正在封斋。你可以吃喝玩乐，因为你还是一个年轻的女孩子，真主安拉是不会责怪你的。难道没有听安拉说过，谁向真主忏悔，谁就得

「专家解疑」封斋（zhāi）：①伊斯兰教奉行的一种斋戒，在伊斯兰教历的九月里白天不进饮食。也叫把斋。②天主教的斋戒期，教徒在封斋期内的特定日期必须守斋。

到宽恕，谁就是安全的，就是行了善事。”老太婆装腔作势地说道。

「名师点拨」聂尔曼和努尔美都被奸诈狡猾的老太婆欺骗了，他们好心地收留了她，并且还希望老太婆的祈祷可以为他们带来好处，这样善良、天真的人又怎么能拆穿老太婆的诡计呢？

努尔美坐在老太婆旁边，和她一块儿聊起了天。过了一会儿，努尔美对聂尔曼说：“以安拉的名义起誓，这个老太婆真的是很虔诚。我们就让她在这里多住些日子吧。”

“好吧，那我们就单设房间作为祈祷室给她，并且不要让任何人去打搅她。也许因为她的虔诚，我们还会获得很多好处啊。愿安拉永远不让我们分开。”聂尔曼深情地对努尔美说。

就这样老太婆在那装模作样地祈祷了整整一夜。天亮了，她来到聂尔曼和努尔美面前，向他俩做了最后一番祝福，然后说道：“主人、太太，我就要走了。”

“大娘，您这是要去哪儿呀？”努尔美说道，“我的主子还让我专门收拾出一间房子作为祈祷室供您祈祷使用呢！”

「名师点拨」努尔美跟老太婆短短的相处之下就对她产生了感情而依依不舍，而老太婆来到这里却是别有用心，努尔美的善良和老太婆的虚伪形成了鲜明的对比。

“我祝福你们俩美满和吉祥！”老太婆说，“只是我希望，我下次再来的时候，不会受到看门人的阻拦，让他允许我随时自由地进出你们的公馆。我将要到那些纯洁的地方去转转，然后我会在每天的黄昏和夜晚真诚地为您祈祷。天一亮，我就要出门。”

努尔美因为老太婆的离开而掉下伤心的眼泪。她怎么

也不会猜想到老太婆上她家的真正用意。

老太婆从聂尔曼和努尔美的家出来之后，便匆忙地来见哈扎兹。哈扎兹问她：“你在聂尔曼家都看见什么了？”

“我看见城中传说的女奴努尔美了。我对天发誓，如今世上绝对没有比她更美丽的女人了。”老太婆回答道。

“如果你按照我的吩咐去做，我是不会亏待你的。”哈扎兹说。

“我请你给我一个月的期限。”

“好吧，那我就给你一个月的期限！”哈扎兹允许道。

从此以后，老太婆就成了经常出入聂尔曼和努尔美家的人。聂尔曼夫妻对她都十分的尊重，每天都把她当作贵客进行接待。即使是聂尔曼手下的人，她都和他们混得很熟。

一天，老太婆拉努尔美到一个角落，悄悄地对她说：“我经常去祈祷的一些地方，那里非常纯洁。我希望能带你一起去，去那里见见那些贤人、长老，让你把愿望告诉他们，让他们为你祝福、祈祷。”

“大娘，那真太好了，我也正想去看看呢，希望您能带我去。”努尔美高兴地回答道。

“但是这要得到你婆母的同意，我才能带你去。”老太婆说。

努尔美对婆母——聂尔曼的母亲说：“妈妈，我请您

「好词好句」
尊重
接待
*我对天发誓，如今世上绝对没有比她更美丽的女人了。

「名师点拨」
老太婆跟努尔美的家人混熟后，开始了她罪恶的计划，而现在的努尔美则对老太婆消除了戒心并且非常信任她，对于她的骗局一无所知。

在我主人聂尔曼回来的时候和他说，让这位大娘带着我去那个圣洁的地方，为老人和穷人做祈祷。”这时正好聂尔曼走了过来，老太婆站起身来，想要亲吻他的手，但聂尔曼却制止了她。于是老太婆向他祝福之后便离开了。

「专家解疑」
圣洁：神圣而纯洁。

第二天，老太婆又来到聂尔曼的家，此时正巧聂尔曼不在家。于是她对努尔美说：“昨天我对你们已经讲过了。正好现在你的丈夫不在家，我们就趁现在这个机会走吧。”

努尔美对婆母说：“妈妈，请您允许这位大娘带着我去圣洁的地方看看长老们。我一定会在主人回来前赶回来的。”

婆母说：“我担心聂尔曼知道了这件事之后，他会不高兴的。”

老太婆说："我会让她站着看，绝对不会让她坐在地上的。我保证我们很快就会回来的。"说完，她拉起努尔美就朝门外跑去，一直拉着努尔美跑到哈扎兹的府中。她把努尔美带到一间阁楼上面，之后便跑去向哈扎兹报告。

哈扎兹走上阁楼，一看到努尔美，简直惊呆了。他真是从来没见过像努尔美这样漂亮的女人，真是仙女下凡、倾城倾国啊。努尔美看到哈扎兹来到阁楼上，赶忙用面纱把脸遮了起来，哈扎兹却一直对努尔美上下打量。然后他召来副官，命令副官率领骑兵五十名，急速带努尔美前往大马士革宫廷，将她送给国王哈里发穆尔旺。他还亲自写了一封书信，让副官一起带上，并且对副官说："你带着这封信给哈里发，并且向他要回函，之后赶紧回来向我汇报。"

「名师点拨」按照伊斯兰教规，除了父亲、兄弟和丈夫之外，穆斯林女子一生都不能让其他男人看到自己的容貌。因此，阿拉伯女人不但要以黑袍包裹全身，还要以黑纱遮面。

副官领命而去。他让一头骆驼驮着努尔美，带领五十名骑兵急急忙忙地上路。到这个时候努尔美才知道自己被老太婆骗了，她因与丈夫分离，非常伤心，走一路哭一路，哭得天昏地暗。副官带领着努尔美和五十名骑兵一行来到大马士革，通报宫廷，要求觐见哈里发，并将哈扎兹赠送美女的事情报告给哈里发。各种事情都办完之后，向哈里发讨得回函，副官便告辞出宫，回库法城向哈扎兹复命去了。

哈里发把努尔美关到一间阁楼中。他回到后宫，对王后说道：

“哈扎兹购买了一个库法城王公贵族家的女子给我，用了一万个金币，并且还捎来了这封信。现在，我已经将那名女子安置在皇宫中了。”

「名师点拨」故事一开始拉比尔用五十个金币就买下了努尔美母女二人，而现在的努尔美则需要用一万个金币才可以买到，这也从侧面反映了她的美貌和价值。

“愿安拉赐您幸运，愿大王洪福齐天！”王后说。

哈里发有一个妹妹，这天正好来到阁楼，看见美貌的努尔美坐在那里，便问她：“安拉真是位有眼的真主，你是谁？就是花十万金币在你身上也是非常值得的。”

努尔美说道：“这位可爱的小妹妹，你能不能告诉我，这座宫殿是谁的？这座城市叫什么名字？”

“这座宫殿是属于我哥哥哈里发穆尔旺的，这座城市叫大马士革。这么说，你什么都不知道，一直被蒙在鼓里啊！”

“这些事情我都不知道啊！”

“那拿了你身价钱的人，没有告诉你吗？哈里发已经把你买下来了。”

努尔美听说自己被卖之后，不禁伤心地哭了起来，眼泪就像断了线的珠子。她说道：“这全都是骗局！”然而她又想：“如果我说出实际的情况，估计谁也不会相信我的，我最好还是什么也不要说，暂且忍耐，因为我要相信安拉，最终，我一定会得到解脱的。”想到这里，她便低下头来，面颊上露出一片红晕，好像是羞涩，又好像因旅途困顿所致。

「好词好句」
红晕
羞涩
*努尔美听说自己被卖之后，不禁伤心地哭了起来，眼泪就像断了线的珠子。

哈里发的妹妹看到她这个样子，便离她而去了。

第二天，她又带着珠宝、项链和绸缎衣衫来到努尔美跟前，给她穿戴上。一会儿，哈里发前来看望努尔美，在她身边坐下。他妹妹对他说：“瞧啊，这世界上最漂亮的女人绝对非她莫属了！”

哈里发让努尔美揭去面纱，但努尔美却一动也不肯动。哈里发仅仅看到她雪白如脂的手腕，就足以让他魂牵梦绕了，哈里发深深地喜欢上了这位绝世美女。他对妹妹说：“我要和她三天后同房。这几天你要时刻和她在一起，不要让她感到孤独。”说完，便离去了。

努尔美一直为自己的处境发愁，她内心中强烈地思念着和自己分离的丈夫聂尔曼。她开始不吃不喝，到了夜里，便浑身发烧，身体极度虚弱，面色也越来越差，和以前美貌的她简直判若两人。哈里发听说之后，心急火燎地赶过来看望她，他将宫廷内所有的御医都召来为努尔美诊断，但是，任何一位医生都没法诊断出努尔美的病情。

「专家解疑」
心急火燎：心里急得像火烧一样，形容非常着急。也说心急如焚、心急如火。

这是努尔美的情况，再回过头来说聂尔曼。他从外面回到家中之后，靠在床头呼唤着努尔美，但是连叫数声却听不到努尔美的回答。他急忙起身，又连连呼唤着她，但仍然听不到努尔美回答，而且也不见其他人前来，家中所有的下人都不敢见他而躲了起来。他来到母亲卧室，看见母亲坐在那儿正用手支着面颊休憩，就问道：

“母亲，您知道努尔美到哪里去了吗？”

「名师点拨」从母亲的话中我们不难得知，努尔美一家人都认为老太婆是一个诚实可靠的人，对她十分信任，可见老太婆十分善于伪装，而他们则是缺少防范心理。

“她呀，一个比我还诚实可靠的人和她在一起，就是那个总到咱们家来的虔诚的老太婆，”母亲回答说，“老太婆带着她去看望穷人去了，说过不了多长时间就会回来。”

“她们出去多久了？她可是从来都没有出过家门的呀！”

“她们一大早就出去了。”

“您怎么能答应她出去呢！”

“儿子，是她请求我让她出去的。”

“哎，现在怎么做都已经晚了，只能祈求上天保佑了！”聂尔曼说着便冲出门去。

「名师点拨」聂尔曼“先是犹疑了一阵”，然后才去警察署报案的，通过这一细节描写可知，聂尔曼在去警察署之前已经想明白了事情的来龙去脉。

他先是犹疑了一阵，然后便向警察署走去，进了警察署对警察署长说：“有个老太婆到我家骗走了我的妻子。我要向哈里发控告你们治安管理失职。”

“骗走你的妻子的人是个什么样的人？”警察署长问。

“她是一个身披粗羊毛衫的老太婆。脖子上还戴着一串有上千个珠子的念珠。”聂尔曼于是把老太婆的模样向警察署长描述了一番。

“如果你知道老太婆在哪里，那么我们就能够救出你的妻子。”警察署长说。

“就算是真主安拉也不知道那个老太婆跑到哪里去了，我又怎么会知道呢？”

“那只有依靠全知全能的安拉了！”其实警察署长早就已经知道那个老太婆就是哈扎兹的管家婆了。

「名师点拨」警察署长知道事情的真相，却不尽他的职责来保护人民的安全，而是选择包庇哈扎兹，让这样的人作为警察署长真是人们的不幸。

聂尔曼说道：“库法城中只有你能解决我的问题，如果你都无能为力的话，我只能去找哈扎兹了。”

“你想找谁就去找谁吧，谁也不会拦你的。”警察署长的回答真是非常的无赖。

聂尔曼没有其他办法，只好去找城主哈扎兹。他来到哈扎兹的府邸，向看门人通报了姓名。

由于他父亲拉比尔是库法城的名流，所以看门人让他进去了。哈扎兹的副官接见了他，他向副官陈述了老太婆骗走自己妻子的事情。副官就带他去见哈扎兹。哈扎兹问他什么事情，他便将老太婆拐走自己妻子的事情向哈扎兹一五一十地叙述了一番。哈扎兹派人到警察署把警察署长找来，说要让他去找那个骗子老太婆。当警察署长到哈扎兹的府邸之后，哈扎兹便对他说：“我现在命令你无论如何也要把聂尔曼的妻子找回来！”

「专家解疑」副官：旧时军队中办理行政事务的军官。

「名师点拨」拐走努尔美的老太婆就是哈扎兹家的管家婆，而他本人就是设计这件事情的元凶，现在他却假模假样地让警察署长去寻找老太婆，可见他是一个非常伪善之人。

“只有全知全能的真主安拉才知道他的妻子在哪儿。”警察署长说道。

“你务必在每一个路口都派骑兵驻守，每个地区都去搜寻，一定要把聂尔曼的妻子找到！”哈扎兹对警察署长说。随后，他转身对聂尔曼说：“如果警察署长也找不到你的妻子，那么我愿意从我的府中赔偿十个女奴给你，再让警察署长赔偿你十个，你觉得怎么样？”说完，他又假模假样地对警察署长说：“你还不赶紧去找聂尔曼的妻子，难道还要麻烦真主安拉告诉你他的妻子在哪儿吗？”

警察署长离去了。聂尔曼失望到了极点，满面愁容，不禁号啕大哭。从此他足不出户，心里全是对他妻子的思念。一天，他正在伤心哭泣的时候，他父亲走过来对他说：“儿子，难道你还不知道吗？其实是哈扎兹设计把你妻子拐走的。”

「专家解疑」足不出户：脚不迈出家门，指待在家里不外出。

接着，父亲把哈扎兹如何派老太婆潜入自己家中，又如何骗走了努尔美的情形，详细地对聂尔曼说了一遍，最后父亲叹了口气说道：“只有靠真主安拉才能解救她了。”

聂尔曼听完之后，满腔怒火。从此以后，他坐卧不宁，茶饭不思，精神恍惚。就这样，三个月的时间过去了，他从一个神采奕奕的小伙子变成了一个骨瘦如柴、面容憔悴的小老头。他的父亲拉比尔请来很多名医来为聂尔曼诊治，但郎中们对他进行诊断后都说：他得的是相思病，世界上能治好他的病的药是不存在的，除非能让他的妻子重新回到他的身边。他的父亲也陷入了极度失望之中。

「名师点拨」前面说努尔美因为思念聂尔曼而茶饭不思、日渐消瘦，与此同时，聂尔曼也因为对努尔美的思念而身形憔悴，他们彼此思念、彼此牵挂，用情至深，令人感动。

一天，聂尔曼的父亲正坐在家中，忽然听说库法城中来了一位外地的郎中。关于这个郎中，人们都传说他不仅精通医术，而且善于观察天象，有妙手回春之能。于是他父亲赶忙将这个郎中邀至家中盛情款待，并请他来给自己的儿子诊断病情。

「专家解疑」
妙手回春：称赞医生医道高明，能把垂危的病人治好。也说着（zhuó）手回春。
原原本本：照原样从头到尾地（叙述）。

郎中要为聂尔曼号脉，让他伸出手，然后又看了看他的面色后，哈哈大笑，对拉比尔说："他得的是为爱所伤、为情所困的相思病！"

"先生，您真是一位神医啊，看得真准！我希望您能够仔细诊断一下他的病情，并且把病情全部原原本本地告诉我，千万不要有丝毫隐瞒。"

"你儿子心中牵挂的是一位貌美的女子，现在正在巴士拉或者在大马士革。只要能够把她找到并且让他们重聚，那么你儿子的病马上就会康复。"郎中说。

「名师点拨」
这位郎中不仅准确地诊断出聂尔曼的病情，而且还详细地指出了努尔美的去向，真是一个神秘的人物。

"先生，您如能使他俩团聚，我一定会重重地赏赐您，我保证您的下半生一定会活在锦衣玉食之中。"

"这件事其实很容易。"郎中一边说着，一边安慰着聂尔曼，让他放宽心。随后，郎中又对拉比尔说："我需要带你的儿子去大马士革找那位美貌的女子，只需要你提供四千枚金币的盘缠就可以了。"

按郎中吩咐，拉比尔交给他四千个金币。于是聂尔曼告别了父母，便随着郎中上路赶往大马士革了。

郎中先带聂尔曼到了哈勒颇，但是在这里一点儿努尔美的音信都打探不到，于是二人便起身向大马士革进发。

到了大马士革后，他们先找了一家旅馆，在这里住了三天。第四天，郎中出去租了一间铺子，把各种名贵的瓷器和货物放在铺子的货架之上，并且还用贵重的材料将货架重新**装潢**了一番，然后又用金粉将货架的表面涂抹了一遍。郎中将一些玻璃瓶子摆在了面前，把各种药膏和药液放在这些玻璃瓶里面，又把一些水晶杯放在了玻璃瓶的前面，并且还放了一个天文仪。他自己把医师的服装穿在身上，

「专家解疑」
装潢（huáng）：①装饰物品使美观（原只指书画，今不限）。②物品的装饰。

让聂尔曼把绣金的丝绸衬衫穿在身上，让他坐在他面前，接着郎中对聂尔曼说：

“从今天起，聂尔曼，你就是我的儿子，我就是你的父亲，我们之间一定要以父子名义相互称呼！”

“一切都听从您的吩咐！”聂尔曼回答说。

日子一长，郎中的商店在大马士革城中变得远近知名。很多大马士革的居民纷纷前来购物，或前来观看郎中店里名贵的商品和美貌的聂尔曼。郎中和聂尔曼之间用波斯语相互交谈，因为像所有富贵人家的子弟一样，波斯语，聂

「名师点拨」郎中为什么要在这里开店，而不是四处打听努尔美的下落？他们将如何找到努尔美呢？故事发展到这里，给读者留下了很多悬念，继续往下阅读，答案很快就会揭晓。

「专家解疑」缰(jiāng)绳：牵牲口的绳子。

无能为力：用不上力量；没有能力或能力达不到。

星象：指星体的明暗、位置等现象，迷信的人往往借观察星象，推测人事的吉凶。

「名师点拨」整个国家有这么多人，难免不会有重名，因此郎中又问了几个问题来确认努尔美的身份，可见这个郎中的心思非常细腻。

尔曼也是懂得的。就这样，在大马士革的居民之中郎中的名声越来越大，人们都向他求医问药，他也尽力为患者除却病痛，并且扶贫济困。

有一天，郎中正坐在店中，忽然有一个老太婆骑着一头毛驴来到他的店前，那头毛驴坐垫上还镶着许多珠宝。老太婆勒紧缰绳让驴停了下来，对郎中说：“你过来，扶住我的手，帮我从驴上下来。”

于是郎中扶着老太婆的手将她扶下毛驴，接着老太婆问他：“你就是从伊拉克来的那个名医吗？”

郎中回答说是。

老太婆说：“我有一个女儿，她已经病了很多日子了，所有诊断过她的郎中都无能为力。”说罢，把一个长颈瓶从怀里摸出来，递给郎中。

郎中拿过瓶子，往里面看了看，问道：“老人家，不知道您能不能告诉我您女儿的芳名呢？您说出来，我为她观测星象，看看她服药的最佳时辰是在什么时候。”

“这位郎中兄弟，我的女儿名字叫作努尔美！”

郎中一听是努尔美的名字，于是掐着手指算了起来，过了一会儿说道：“老太太，我在给她开药之前，需要知道她的老家在什么地方，每个地方都有每个地方的不同气候，开的药也是不同的。您是否能告诉我她从小生长在什么地方，今年的芳龄是多少？”

老太婆说：“她是在伊拉克的库法长大的，今年十九岁。”

“她来到大马士革多长时间了？”

“她来到这里才几个月。”

聂尔曼听了老太婆的描述，心中知道老太婆说的那个女儿就是他的妻子，内心感到万分的激动。

老太婆对郎中说：“这十个金币给你，算作药钱。”郎中让聂尔曼按照自己的要求把先开的药剂拿出来，交给老太婆。

老太婆抬头看到聂尔曼，张口喊道：“噫，孩子，那位姑娘和你真是太像了，简直就像是一个模具刻出来的。”随后，她问郎中：“这个孩子是你的儿子吗？”

“对，没错，他就是我的儿子。”郎中回答道。

聂尔曼在一张纸上写下了几行诗，并且暗中藏在包药物的包裹里面，将药物包好，交给老太婆。那诗写道：

努尔美，对我来说，如果能让我再看你一眼，那将会是这世界上最幸福、最高兴的事情。

人们说：忘记她吧，再给你二十个俏娇娃！

可是，二十个中又有哪个比得上她？

因此，我今生今世再也忘不了她！

聂尔曼还用库法字体在药包上写上“我是聂尔曼，库

「名师点拨」

郎中之所以问老太婆女儿的姓名、年龄、家乡、到这里的时间是为了确定她口中所说的“女儿”是不是努尔美，而通过老太婆的描述可知，她的“女儿”正是他们寻找的努尔美。

「好词好句」

暗中

今生今世

＊那位姑娘和你真是太像了，简直就像是一个模具刻出来的。

＊如果能让我再看你一眼，那将会是这世界上最幸福、最高兴的事情。

法人拉比尔的儿子”的字样，然后递给老太婆这个药包。老太婆告别了郎中和聂尔曼，拿着药包就直接回到了王宫。

「名师点拨」读到这里，我们就可以理解郎中在这里开店铺的原因了，因为他料到努尔美此刻也会因为思念丈夫而生病，这样就一定会有人来寻找名医医治努尔美，这比大海捞针般地寻找要高明得多。

老太婆来到努尔美面前，把药包给她，说：“太太，有个郎中来到大马士革。他的医术比其他郎中都要高明。我把你的名字告诉他，他接过瓶子，只看了几眼，便知道了你的病情，然后开了这些药给我，并且让他的儿子包好药给我。说真的，大马士革城中，真是没有哪家的公子比那个郎中的儿子更好看的了，他们都穿着非常漂亮的衣服，在大马士革城中，他们那家店铺也绝对是绝无仅有的。”

努尔美接过药包，看见上面有她所熟悉的库法字体的文字，一看正是她的丈夫和丈夫父亲的名字，顿时激动得脸色大变。她心想：那个店主人郎中一定知道我的身世，为了我才来到大马士革的。于是她就对管家老太婆说：“你把那个年轻人的情况和我说一说。”

「专家解疑」
灵丹妙药：灵验有效、能治百病的奇药，比喻能解决一切问题的办法。也说灵丹圣药。
药到病除：①一用药病就好了，形容药物灵验或医术高明。②比喻处置得当，问题迅速得到解决。

“他的名字叫聂尔曼，右边眉毛上边还有一个小小的黑痣，身上穿着华丽的服装，样子真是好看极了。”管家老太婆描述道。

努尔美打开药包，取出药，取来一杯水就把药服了下去。喝完后，她哈哈大笑，说：“这是一服灵丹妙药啊，真是药到病除！”然后，她随手翻了翻药包，发现有一张纸条，上面有几行诗，读了上面的诗句，她当即看出这是丈夫的笔迹，诗里表述了丈夫对自己的思念之情，内心无比欢快和兴奋。她对管家老太婆说：“快把吃的喝的拿过来！”

老太婆见她吃完药之后，又是哈哈大笑，又是要吃的喝的，内心也为之高兴，说：“托真主安拉的福，今天真是个好日子啊！吉祥的事情都到来！”随后，她命令身边的侍女们取来了可口的食物。一时间，山珍海味、珍稀果蔬全都摆到了努尔美面前。她正在吃得高兴的时候，哈里发走了进来。他见努尔美高兴地吃着东西，身体恢复健康，感到十分高兴。

「好词好句」
山珍海味
珍稀
*我从那位郎中那里为努尔美抓了一服药，努尔美就是因为喝了他开的药，所以奇迹般地好了。

管家老太婆说：“恭喜陛下，真是托真主安拉的福，您妃子的身体已经恢复健康了。原因是大马士革城来了一位外地的郎中，医术十分了得。我从那位郎中那里为努尔美抓了一服药，努尔美就是因为喝了他开的药，所以奇迹般地好了。”

哈里发非常高兴，命令管家老太婆给那郎中拿一千个金币作为赏封，然后就高兴地离开了。

「名师点拨」
聂尔曼只是看到努尔美的笔迹就“昏了过去”，可见他当时心情有多么激动，因此我们也可以看出，两个年轻人彼此间的感情有多么深刻。

管家老太婆来到郎中的店铺中，并且带来了哈里发赏赐的一千个金币，把钱交给郎中，并告诉他说：哈里发最宠爱的妃子就是那个叫作努尔美的美貌姑娘。然后她拿出一张纸给了郎中，说这是努尔美写的，郎中又把它转交给聂尔曼。聂尔曼拿过纸条一看是努尔美的笔迹，顿时昏了

过去。过了一会儿，当他苏醒过来后，将纸条打开，看到了纸条上的内容：

被人欺骗并掳走的女奴致她的心上人：

打开这封信的人儿，我收到了你的来信，心中是那么的兴奋和高兴。就像古诗中写道的：

当我手指碰到书信的那一瞬，

就像触摸到了那写信的双手，

闻到从那双手中散发出的阵阵清香，

如同摩西回到哺育他的母亲怀中，

如同约瑟的衣服重新被雅各收下。

「名师点拨」约瑟是《圣经》中的人物，雅各的儿子，因为兄长们的嫉妒，他被兄长卖给了商人，他的兄长们骗父亲说他被狼吃了，并把他的衣服染了羊血拿给父亲。

读完诗之后，聂尔曼激动得热泪盈眶。管家老太婆奇怪地问他："看完信，你怎么哭了呢，可怜的孩子？"郎中说："写这纸条的人就是他的妻子啊，他怎么能不哭呢！他是库法人聂尔曼，就是她的丈夫啊。他们两个能否团圆，关系着那姑娘的生命啊。其实她压根儿就没有得病。所有这一切都是因为对丈夫的思念，所以才会茶饭不思、身形憔悴。老太太，这一千个金币还是您自己拿着吧，我有的是钱。不过我真诚地希望您能够发发善心，因为只有您才能帮助他们两个重新团聚！"

管家老太婆再转向聂尔曼，向他问明，在确定他是努尔美的丈夫后说："不错，我经常听到努尔美念叨你的名字。"

「专家解疑」诱骗：诱惑欺骗。

于是聂尔曼将哈扎兹的管家老太婆如何进入他家诱骗

努尔美的过程从头到尾对老太婆说了一番。老太婆说："可怜的孩子，看来只有我才能够帮你们见面了。"说完，她起身离开药铺回到皇宫，到努尔美身边，对她说："我见到你的丈夫了，他为你不思茶饭、寝食难安，时时刻刻都渴望着和你再次相见。"

努尔美说："我也是想他想得肝肠寸断，真想马上和他见面！"

「专家解疑」
肝肠寸断：形容非常悲痛。

这时，老太婆把一个包裹拿了出来，在里面放了一件女人的服装和一些金银珠宝首饰，匆匆忙忙出宫，来到了郎中的店铺之中，对郎中说："你找一间没人能够看得见的房间，把聂尔曼叫来。"

郎中带着他们两个来到后厅。老太婆从包裹中拿出女人的服装给聂尔曼换上，并且用首饰把他乔装打扮一番。把他打扮成一个衣着华美的宫女模样，真是丽质天成，娇艳欲滴，简直就是仙女下凡。老太婆看后，对着男扮女装的聂尔曼说，她真是从来没有见过这么漂亮的宫女。她对他说："你不仅要穿上女人的衣服、戴女人的首饰，而且必须像女人那样摇摆屁股、扭动着腰肢走路！"

「名师点拨」
因为老太婆要带聂尔曼去国王的后宫找努尔美，所以要将他打扮成女人的模样，为了不被人看出异样，还要学女人走路的样子。

聂尔曼在老太婆的指导下，在她面前学着女人走路的姿势形态。过了一会儿，老太婆见他学得已经有了几分神似，便对他说："你先在家中等待，明天早上我来接你，然后带你进入宫中。不过我事先要提醒你，如果碰上仆人或者侍卫盘问你，你可千万不要慌张。你只需要低下头，别发出任何声音，一切都由我来回答。”

第二天天一亮，管家老太婆就带着聂尔曼向皇宫的方向走去。一路上，聂尔曼紧紧跟在老太婆身后，一步也不敢落下，来到宫门口，侍卫想阻拦扮成女人的聂尔曼进宫。老太婆说：“你这个不懂事的奴才，这位姑娘可是哈里发宠爱的妃子，你竟然敢拦着她，不让她进去！”随后她转过头对聂尔曼说：“跟我走，别理他！”侍卫听了老太婆的话只好让他们进入宫中。

「名师点拨」穿上女装的聂尔曼本来就跟努尔美长相相似，而且他还低着头，因此才可以轻易蒙混过去。

老太婆带着聂尔曼一路穿廊过庭，最后来到通往后宫的大门。老太婆转过

身对聂尔曼说："喂，小伙子，勇敢些，打起精神！进了后宫大门之后，朝左边走，你数五个门，然后进入第六个门，那个房间是专门为你准备的。你千万别紧张，不要跟任何人说话。"

后宫大门的侍卫拦住他们，问道："这女人是谁？"

「名师点拨」后宫是哈里发国王和他的妃子们居住的地方，因此守卫要比皇宫大门更为森严，也就不好蒙混过关了。

老太婆说："这个女奴是皇后让我给她买来的，供皇妃努尔美使役。"侍卫却说："我奉命在这里看守宫门，一切都要听哈里发的，如果哈里发没有下达命令的话，谁也不能进去。我是个奉公执法的人，绝对不会放你们进去的，你还是把她带走吧。"

管家老太婆说："侍卫大人，你怎么不好好想一想呢。努尔美是哈里发最宠爱的妃子，现在她的健康已经恢复了，但哈里发仍不放心她，怕她再次生病，因此皇后特意让我买了个女奴给她。你不要阻拦她，否则她如果在皇后那里告你的状，皇后一生气，一定会砍你的头的。姑娘，别管他，别听他在那瞎诈唬，你只管走你的！你也别告诉皇后，说某某侍卫拦着你不让你进后宫。"

「名师点拨」趁着管家老太婆与侍卫纠缠不开的时候，聂尔曼走进了后宫，却不小心走错了房间，故事的情节再一次出乎意料，更加引起读者的阅读兴趣，这样的情节安排十分巧妙。

聂尔曼心里七上八下，十分紧张，低垂着头走进了后宫。管家老太婆告诉他应该往左走，慌乱中他却走向了右边；本应数五个门，进第六个门，却数了六个门，进了第七个门。当他走进第七个门的屋子后，看到屋中富丽堂皇，陈设华丽，墙壁上挂着的绸帷帘都绣着金丝，香炉里都点着上好的沉香、**龙涎香**和最好的**麝香**，阵阵迷人的香气正在从香炉里散发出来。屋中央有一张床，上面铺设着缎子绣花被褥，他便走过去并且坐在上面，等待着不知将是什么样的命运。他正坐在那儿左思右想，忽然有人走了进来，原来这间屋子是哈里发妹妹的闺房，她此时正好带着一大群宫女回来。她见一身女人装束的聂尔曼坐在床上，以为是个宫女，便问他："你是谁，为什么进入我的房间？"

「专家解疑」龙涎（xián）香：灰色或黑色的蜡状芳香物质。是抹香鲸肠胃的病态分泌物，类似结石，可做香料。

麝（shè）香：雄麝脐囊（在肚脐和生殖器之间）的分泌物，干燥后呈颗粒状或块状，有特殊的香气，有苦味，可以制香料，也可入药，简称麝。

聂尔曼不敢应声，赶忙低下了头，默不作声。哈里发妹妹接着又说道："你是不是我哥哥的妃子，因为什么事情惹恼了我哥哥的话，我可以向他为你求情。"聂尔曼仍然一言不发。哈里发妹妹对侍女说："你们到门口去为我把守着，不要放任何人进来。"随后她慢慢走到聂尔曼跟前，见他的脸长得貌若天仙，对他说："我怎么以前在宫中没见过你？告诉我，你是谁？告诉我你的名字。"

聂尔曼仍然不敢发出声音。这下可把哈里发的妹妹惹恼了，她伸手抓住聂尔曼的胸襟，却发现他有喉结。这引起了她的怀疑，想弄个清楚，于是伸手想解开他的衣服。直到这时，聂尔曼才不得不开口说话："公主，我不是一个坏人，我是您的奴隶，您帮帮我吧，求您保佑我！"

「名师点拨」哈里发的妹妹并没有直接将聂尔曼抓起来或者告诉哈里发国王，而是先要听听事情的原委，这就说明哈里发的妹妹有心帮助他们，她还是一个很讲道理、乐于助人的人。

"让我帮你也可以。但是我要知道你究竟是谁，你必须有一说一地告诉我全部事实，还有，你又是怎么跑到我这儿来的？”哈里发妹妹说。

聂尔曼说：“我的女王啊，我是库法人，名字叫作聂尔曼，是拉比尔的儿子。现在，我冒着生命危险进入皇宫，我所做的这一切都是为了我深爱的妻子努尔美，哈扎兹把她诱骗走，然后又把她送到了这儿的宫里。”

“你先不要着急。”哈里发妹妹说。随后，她转过头对侍女说：“你快去努尔美的房间，然后把她给我带到这里来！”

「名师点拨」哈里发的妹妹听了事情的原委后，认为聂尔曼和努尔美很可怜，他们的感情也很感人，因此决定要帮助他们。

再说管家老太婆，她将聂尔曼带进皇宫后，和他分手不久，就来到努尔美的房间。她问：“努尔美，你看到你的丈夫来过了吗？”

“没有呀！”努尔美回答说。

“那一定是他紧张得搞错了房间，走到别的房间去了，因此没有来到你的房间里。”

“一切努力都白费了，现在只能盼望全能的真主安拉能够保佑我们了！灾祸即将降临到我们身上，我们会因此而丧命的！”

当她们两个正在努尔美的房间里坐立不安的时候，哈里发妹妹的侍女过来了。她先向努尔美问了安，然后对她说：“我的女主人请你前去她的房间。”努尔美表

「专家解疑」坐立不安：形容心绪不宁，烦躁焦急的样子。也说坐立不宁。

示知道了。

管家老太婆说："看来，你的丈夫一定是进了哈里发妹妹的房间了，现在他一定在那儿。"

侍女带着努尔美来到哈里发妹妹的房间。哈里发妹妹对她说："坐在床上的这个人是你的丈夫，他走错了房间，把我的房间当成你的了。不过，你们两个不用害怕，我是不会加害你们的。"

「名师点拨」聂尔曼和努尔美久别重逢，其间又经历了重重阻碍，因此他们非常激动、兴奋，以至于双双都昏倒了。

听了哈里发妹妹的话，努尔美心中十分激动，立即扑向聂尔曼，聂尔曼也站起身相迎。两个人紧紧拥抱在一起，顿时双双昏倒在了床上。

当他俩醒来后，哈里发妹妹让他俩坐到床上，说："我们来商量商量，看有什么方法能够帮助你们脱离现在的困境。"聂尔曼和努尔美表示愿意听从哈里发妹妹的命令。哈里发妹妹说："事实上，我们并没有让你们在皇宫之中受到任何伤害。"说罢，她命侍女把食物端了上来，让二人美美地饱餐了一顿。饱餐之后，三个人坐在一起，边聊边饮，在觥筹交错间，暂时把一切烦恼忧愁抛到了九霄云外。

「专家解疑」觥(gōng)筹(chóu)交错：酒杯与酒筹交叉错杂，形容许多人相聚饮酒的热闹场面。

一会儿，聂尔曼说道："希望万事吉祥如意，但愿一切如人所愿！"

哈里发妹妹问聂尔曼："你爱这个女奴努尔美吗？"

"公主，如果不爱她，我就不会冒着生命危险来皇宫见她了！”聂尔曼说。

哈里发妹妹转过头又问努尔美：“你爱你的丈夫聂尔曼吗？”

“公主，正是因为对他的思念，我才变得茶饭不思、神形憔悴！”努尔美说。

“那好，我见到了你们是如此地相爱，你们放心吧，没有任何人能够拆散你们！”哈里发妹妹说。

聂尔曼和努尔美听了哈里发妹妹的话，顿时感到欣喜若狂。努尔美请求哈里发妹妹给她一把琵琶。她将琴弦调好之后，便用悠扬婉转的歌喉吟唱道：

骗子硬要让我们彼此分离，

让彼此相爱的人相隔两地。

在无端的欺凌和中伤面前，

我要不失尊严地保护自己。

虽然你可以让我泪水长流，

但却无法阻止我内心愤懑，

似滔滔洪水，似奔腾烈焰，似剑戟刀枪！

她自己歌唱完毕之后，又将琵琶递到聂尔曼面前，对他说：“你也来用这把琵琶吟唱一首吧！”

聂尔曼接过琵琶，用他那雄厚的嗓音唱道：

你就是那没有月食的月亮，

「专家解疑」

琵琶：弦乐器，用木料制成，有四根弦，下部为瓜子形的盘，上部为长柄，柄端弯曲。

「好词好句」

欣喜若狂

悠扬婉转

*在无端的欺凌和中伤面前，我要不失尊严地保护自己。虽然你可以让我泪水长流，但却无法阻止我内心愤懑，似滔滔洪水，似奔腾烈焰，似剑戟刀枪！

你又是那没有日食的太阳。

爱情啊，它真是个奇怪的东西，

它有欢乐、有痛苦、有忧伤。

我向爱人走近，路仿佛近在咫尺，

我从爱人身边离去，路却又漫长万里。

当聂尔曼唱完后，努尔美为他斟满一杯美酒，他接过努尔美的酒一饮而尽。

「专家解疑」
斟（zhēn）：往杯子或碗里倒（酒、茶）。
匍（pú）匐（fú）：①爬行。②趴。

看到聂尔曼将酒喝下，努尔美又斟了一杯给哈里发妹妹。哈里发妹妹也一饮而尽。随即努尔美又拿起琵琶，用她柔美的声音吟唱道：

无尽的忧伤难以排除，

如寸断肝肠五内俱焚。

我面容憔悴形容枯槁，

为了情人而如痴如狂。

三个人正在一起开怀畅饮、弹唱吟诗的时候，哈里发忽然走了进来。众人一见到哈里发赶忙匍匐在地面上。哈里发看到努尔美怀中抱着一把琵琶，说："努尔美，赞美真主安拉，他把你的失望和痛苦都通通赶走了。"随后，哈里发发现努尔美身边的聂尔曼，说："坐在努尔美旁边这位美丽的姑娘是谁呀？"

"这是新来的宫女艾尼莎，只有艾尼莎和她在一起，努尔美才肯吃喝。”哈里发妹妹说道。

“她长得也是美丽动人哪，和努尔美不相上下。”哈里发说道，“明天专设一个房间给她，房间里面所有东西都一应俱全，里面还要放上最奢华的陈设，甚至要比努尔美的房间还要华丽。”这时哈里发妹妹命令侍女端上来食物，让哈里发享用。哈里发坐在当中，斟满一杯酒，要求努尔美吟唱一首歌。努尔美接过酒杯，一饮而尽，然后拿起琵琶，拨动琴弦，吟唱道：

我饮下朋友敬的美酒，

我放荡不羁举棋不定；

那时，穆民的国王啊，

我好像就是你的君王！

「名师点拨」文中对聂尔曼的容貌没有一处正面描写，却多次从侧面来表现他的俊美，从大马士革的居民的争相观看、皇宫管家老太婆的赞美以及现在哈里发对他的赞美和款待等都可以看出来。

哈里发听努尔美唱完，连连称赞她的歌声，于是又斟了满满一杯酒，让她再唱一曲。努尔美从哈里发手中接过酒杯，一饮而尽，随即唱道：

世上最尊贵的人哪，
能有谁比你更荣光；
你是全世界的国王，
地位崇高功名显赫。
你有无比辉煌功绩，
不知困倦造福国家；
安拉佑你战胜强敌，
举国欢腾万民敬仰！

「专家解疑」
赞不绝口：赞美的话说个不停，形容对人或事物十分赞赏。

听完努尔美的歌唱，哈里发又是赞不绝口，说："努尔美，你唱的歌实在是美极了，你的嗓音真是抑扬委婉，真是无比的美妙。"就这样，在众人的欢声笑语之中，时间不知不觉地过去了，转眼之间就到了午夜时分。这时，哈里发妹妹说道："亲爱的哥哥，众穆民的领袖，我给你讲一个故事吧，这个故事是从一本书上看来的。"

「名师点拨」
穆民是阿拉伯语音译，意为"信仰者""归信者""信教者"。旧译为"慕门""慕民"等。亦意译为"信士"。笃信伊斯兰教者的称谓。哈里发是这个国家的国王，自然就是众穆民的领袖。

"你要给我讲一个什么故事呢？讲出来让我听听吧！"哈里发问。

"故事说在库法城有一个名字叫作聂尔曼·本·拉比尔的青年。他的父亲为他养了一个女奴，并且让女奴和他一起长大。他们从小就在一起玩耍，一起长大，并且彼此钟情于对方。可是后来可怕的灾难降临在这对有情人身上，迫使他俩分开。原来有一个可恶的人贩子，使用欺骗手段进了聂尔曼的家中，并且将女奴诱骗出家门，后来以一万个金币将这个女奴卖给了一个国王。但是她却对他的主人有着深深的爱恋，到了宫中后，因为思念她的主人聂尔曼，她变得茶不思饭不想，没过多长时间，就形容枯槁，瘦骨嶙峋，人不像人，鬼不像鬼了。而远在库法城的主人也是同样深深地爱着这个女奴。为了爱情，他远离故土，告别了亲人，以生命为赌注，经历了千山万水去寻找他的意中人。最后，他的女奴终于被他找到了。这女奴名叫努尔美。然而，正当他们因为重新团聚而高兴不已的时候，国王，就是从骗子手中购买女奴的那个国王，他看到这种情景，非常生气，立即下令要把他们两个处以极刑。哈里发陛下，你说那个国王是不是判决太不公正了，而且行事也非常不小心。”

「专家解疑」
枯槁（gǎo）：①（草木）干枯。②（面容）憔悴。
瘦骨嶙（lín）峋：形容瘦得像皮包骨一样。

哈里发说：“这件事太令人不可思议了。那个国王不应该惩罚他们两个而应该原谅他俩才是，他应当考虑到如下几种情况：一、他们两个相互深深地爱着对方；二、在国王的宫殿中，他们两个慑于国王的权势，毫无反抗能力；三、国王应对爱护他的子民谨慎行事，公正判决，更何况这件事情还和他有关系呢！这个国王做的这件事太不像是

「名师点拨」
哈里发的妹妹讲聂尔曼和努尔美的故事是有意试探国王，从国王的这番话中我们可以看出，国王是一个正直、明理之人，相信他知道了事情的真相后会成全聂尔曼和努尔美的。

一个国王应有的行为了。”

哈里发的妹妹说道：“我亲爱的兄长啊，天地间的国王，让努尔美再唱一曲给你，你要好好听听她唱了些什么。”

于是哈里发命努尔美再唱一曲。努尔美按照哈里发的命令，拿起琵琶，抚琴唱道：

时光你总是背叛忠诚的人们，
好似利箭将我们的心田射穿；
亲爱的人儿因为你相隔万里，
面对伤心的泪水却视而不见。
美好温馨的生活已成为过去，
却忘不了彼此相聚时的甘甜；
你可知我心在滴血仰空哀叹，
年年月月时时刻刻都在思念。

「好词好句」
视而不见
甘甜
*时光你总是背叛忠诚的人们，好似利箭将我们的心田射穿。
*你可知我心在滴血仰空哀叹，年年月月时时刻刻都在思念。

哈里发十分高兴地听完努尔美唱的歌。哈里发妹妹说道：“哥哥呀，一个人做出了承诺就一定要遵守自己的诺言，您说不是吗？正所谓‘言必信，行必果’。更何况身为国王的哥哥您呢！”说完，她让聂尔曼和努尔美都从床上站了起来，对哈里发说：“伟大的国王，众穆民的领袖呀！这位努尔美就是被哈扎兹拐骗到宫里来的。他把她骗到皇宫之中，卖给了您，并撒谎说，为此他花了一万个金币。这位是库法人拉比尔的儿子聂尔曼，也就是努尔美的主人

「哲理名言」
言必信，行必果。

和丈夫。我以您高贵的祖先的名义，请求您饶恕这对有情人吧，让他们两个重新团聚。他们两个一定会对您千恩万谢的。现在，他们在您的掌控之中，喝过您的饮品，吃过您的食物，我现在用我的生命为他们两个有情人作担保，做他俩的调解人！”

这时，哈里发说道：“皇妹，你说得不错。作为国王的我一定要言出必行。只要是我答应的，只要是我做出承诺，我就一定办到，绝对不会后悔。”说完，他问努尔美：“那个人是你的丈夫吗？”

“是的！”努尔美答道。

“你不要担心，我一定会让你和你的丈夫团聚的，我会让你们重新获得自由！”随后，他问聂尔曼：“是谁告诉你这个地方的，你又是怎么到这里来的？”

“伟大的国王，众穆民的领袖啊！我来说说，您来听听。以您尊贵的祖先的名誉发誓，我以下所说的句句都是实话，绝对不敢用谎言来欺骗您。”于是聂尔曼就把从努尔美被骗到两人终于团圆的经过讲了一遍，讲到他和异乡郎中来大马士革开店的故事，讲到王宫中的管家老太婆如何遇到他并且把他带到宫中，他又如何因为紧张而走错了门……发生的一切故事都是那么的离奇古怪，听了这些，哈里发也是觉得非常惊奇。于是他把郎中召入宫中，让他做了自己

「智慧引路」
哈里发国王作为一国之君，不以自己的权势逼人，而是英明决断、言出必行，是一个爱民如子的好国王。我们也要像哈里发国王那样，要做一个是非分明、言出必行的人。

「名师点拨」
从郎中帮助聂尔曼找到努尔美来看，他是一个非常睿智、有学识的人，因此国王才会赐他高官厚禄，可见哈里发国王也是一位求贤若渴的明君。

最信任的贴身护卫，并给予厚禄。他说："这样的人就应该是我身边最亲近的大臣。"随后，他又重赏了管家老太婆和聂尔曼。

聂尔曼无忧无虑、舒舒服服地在皇宫之中住了几天后，便向哈里发辞别，在哈里发同意他们离开之后，他就带着他亲爱的妻子努尔美离开皇宫，告别了有恩于他们的公主和管家老太婆，高高兴兴地回家了。

从此以后，他们恩恩爱爱，过着幸福美满的生活。

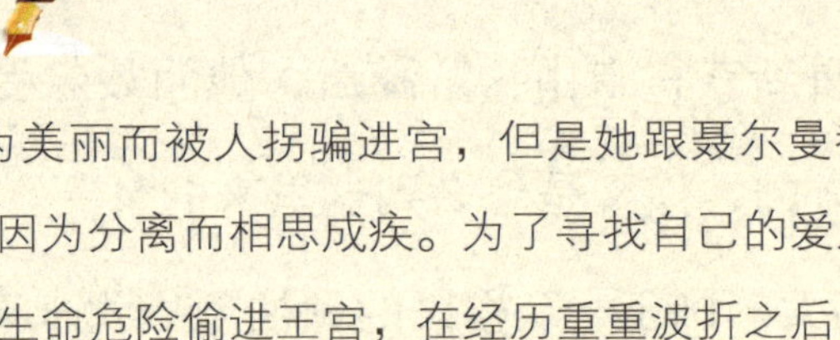

名家品评

努尔美因为美丽而被人拐骗进宫，但是她跟聂尔曼都对爱情忠贞不渝，因为分离而相思成疾。为了寻找自己的爱人，聂尔曼更是冒着生命危险偷进王宫，在经历重重波折之后，他们终于又重新走到了一起。从这个故事中我们可以感受到爱情的美好与伟大，也祝愿天下有情人终成眷属。

阅读思考

1. 文章中分别采用了哪些手法来描写努尔美的美丽？
2. 哈扎兹用了什么计谋把努尔美拐骗出来？
3. 聂尔曼和努尔美为什么都病倒了？
4. 聂尔曼在谁的帮助下找到了努尔美？

巴格达的渔夫哈利法

传说，在巴格达有一个穷困的渔夫叫哈利法。一天，他去河边捕鱼时居然连续捕上来三只形态迥异的猴子，而第三次捕上来的红毛猴让他去做一件可以让他发财转运的事情。果然，哈利法按照它的指示做好之后便每天都能赚十个金币。后来又发生了一系列神奇的事情，甚至还遇到了哈里发国王。那么，红毛猴让哈利法做了什么？哈利法又遇到了哪些不同寻常的事情？一起去看看吧。

相传有一位名叫哈利法的渔夫生活在巴格达，他一生穷困潦倒，孑然一身，没有成家，以捕鱼为生。

「专家解疑」
孑（jié）然：形容孤独。

一天清晨，他像往常一样到河边捕鱼。来到河边，他满怀希冀地撒下网，凝视着水面，心里默默祈祷：“真主啊，求您开恩，至少让我捕到一条鱼吧！”他耐心地等了一会儿，慢慢把网收起来，但网中除了垃圾、泥土、沙石和水草外，

连一条小鱼都没有。他收拾渔网，又撒了一次，还是什么都没有网住。无奈，他只得换个地方，继续撒网，但却还是打不到鱼。就这样，频繁地换着地方，却始终没打到鱼。他开始有点儿沉不住气了，心里又气又急，默默祈祷："安拉真主，如果是我做错了什么，我诚心诚意地忏悔，希望您能原谅我。我只请求安拉赐给我面包。"渔夫又下定决心再撒最后一次，认为真主不会再让他失望。

一边想着，渔夫就站起身使劲把网撒出去。足足等了一个钟头，他才开始收网，只觉得沉甸甸的。他不嫌麻烦，费了九牛二虎之力才把网收了起来，一看，网上来的居然是一只独眼跛脚的猴子。看到这只猴子，哈利法非常失望，自言自语道："安拉是仁慈的，他会恩赐我的。但这是什么意思啊！"

「专家解疑」
九牛二虎之力：形容很大的力量。

渔夫把猴子拴到河岸边的一棵树上，举起鞭子就要打它，还没等鞭子落下来，也许是安拉安排，那猴子居然开口讲话了："哈利法，请别打我，把我拴在这儿，你再去撒一次网，你要相信安拉，真主会恩赐你的。"

「名师点拨」
猴子是生活在陆地上的，但是哈利法却从河里捞出一只猴子，而且这只猴子居然还会说话，这实在是太不寻常了，故事的一开始就充满神秘感，引人入胜。

听完，哈利法把鞭子收起来，再次走到河边。他使劲撒下网，等了一会儿，然后收网，觉得网比上一次还要沉，根本拉不动，他用尽全身力气，双手都弄得皮破血流，好不容易将网拉上来，看到自己网住的却是一只豁牙、黑眼、红指的猴子，猴子身上还穿着破衣烂衫，脸上露出微笑。

渔夫感慨道："看来伟大的安拉已经把河里的鱼全部变成猴子了！"渔夫怒气冲冲地走到第一只猴子的身旁大声叫骂道："你看，现在都是你这只倒霉的猴子给我带来的厄运！都怪你让我打上来一只猴子。你这只倒霉的独眼猴子，这次让你把我害惨了，今天又累又饿，连一分钱都没有！"

说罢，抡起一根棍子就要打那只跛猴，跛猴又请求道："看在安拉的名义上，请您停手，您想要什么，只管和我那个同胞说，它会实现您的愿望的！"

渔夫气恼地丢掉手里的棍子，走到第二只猴子的身旁，猴子对他说道："哈利法，你只要听我的话便会有好运气，别惹我发火，我会为你带来财富的。"

哈利法问道："那么你想让我干什么呢？"猴子说道："将我拴到河岸边的树上，去河边撒第三次网，然后我再和你说应当怎么做。"

渔夫再次拿起网走到河边使出全身的力气撒出去，过了片刻，才把网收起来，感到网非常沉重，就用力向上拉。等他总算将网拉上岸的时候，看到自己网上来的依旧是一只猴子，只不过这次是只红毛猴，腰部穿着一件蓝布衫，手脚指甲全部染过，眼睛如同炭一般黑。看到这只猴子，哈利法悲叹地说道："我的天哪！真主圣明完美！今天自始至终都很幸运，居然连着捕到三只猴子！看起来今天的确是猴日。难道河中的鱼死光了，只能捕到猴子吗？"

「名师点拨」
这里哈利法说的是反话，他嘴上说今天"幸运"，其实真正表达的却是"不幸"，居然一条鱼都捕不到。这样的表达方式更容易体现出哈利法悲愤的心情。

渔夫对红毛猴说道："你这只倒霉的猴子到底是个什么东西？"红毛猴说道："哈利法，你居然连我都不认识吗？"他说道："不认识！"红毛猴说道："我是犹太商人阿布萨达特的猴子。"哈利法问："你给他干什么？"红毛猴说道："我从清晨到晚上都给他带来好运气，清晨给他挣五个金币，下午给他挣十个金币。"

哈利法又走到第一只猴子的身旁叫骂道："你这只倒霉猴，你瞧瞧你给我带来多好的同胞！都是你这只独眼的跛猴叫我一天既没有吃的也没有喝的，倒霉透了！"说完又抡起鞭子想揍它。在他的鞭子还没有落下来的时候，阿布萨达特的猴子说道："请别打它，哈利法。过后，我教你怎么做。"

哈利法丢掉鞭子，生气地叫喊道："请问猴王你有什么高明的办法吗？"猴子说道："将我们这三只猴子全部拴在这儿，你再去河中撒网，无论你网到什么东西都带过来，我会教你怎么发财。"

"那好吧。"说罢，哈利法走到河边使劲将网撒出去，过了一段时间，才开始收网。这次总算捕上来一条小鱼，头又大又圆，尾巴相当长，双眼像金子一样晶莹透亮。这样的鱼哈利法从来没有看到过，当然非常高兴，他把鱼带到阿布萨达特的猴子跟前。

红毛猴说道："哈利法，你准备怎么处置这条鱼与你

「好词好句」

高明

处置

*这次总算捕上来一条小鱼，头又大又圆，尾巴相当长，双眼像金子一样晶莹透亮。

的猴子？”渔夫说道：“猴王，请你听好了，首先我要把那只讨厌的猴子杀死，叫你替代它的位置，我会精心照料你，天天为你预备好吃的。”

红毛猴说道：“既然你挑选了我，那么我就告诉你应当怎样做。假如真主愿意，那我一定可以为你的命运带来转机。要记着我对你讲的话：你去取根绳子将我拴在树上，接着你去将网撒到底格里斯河里，过一会儿收网的时候你就可以捕到一条从来没有见过的鱼。你将鱼带过来，我再告诉你然后怎样做。”

「专家解疑」转机：好转的可能（多指病症脱离危险或事情能挽回）。

哈利法马上来到底格里斯河的岸边，将网撒入底格里斯河里，过了一段时间开始收网，看到网里躺着一条如同绵羊一般大的鱼。哈利法打了一辈子鱼，从来没有看到过这样稀罕的鱼，他连忙将鱼拿到红毛猴的身旁。红毛猴说道：“你去打一些绿草过来，一半放到篮子底部，接着将鱼放到里面，然后再用另外一半绿草把鱼盖住，将我们这三只猴子全部拴在这儿，随后你拿着篮子到巴格达去，在路上千万别跟其他人说话，如果有人想同你讲话，也别去理会，只管向前走，一直走到钱庄，在钱庄的尽头你就可以找到犹太商人阿布萨达特的那个铺子，阿布萨达特经常坐在铺内，倚着一个软绵绵的垫子，在他的身边有两个钱柜，其中一个是用来放金币的，另外一个是用来放银币的，身旁有很多奴仆侍候他。你就直接走到阿布萨达特的身旁

「名师点拨」渔夫以打鱼为生，都没有见过这条“如同绵羊一般大的鱼”，可见这条鱼的确非比寻常，而指引渔夫将这条鱼捕捞上来的红毛猴就更显得非比寻常了。

对他说：'阿布萨达特，今天我在河里捕鱼，安拉赐予我一条鱼。'他肯定会问你：'你让其他人看过吗？'你回答：'除了您之外，再没有其他什么人看过了！'阿布萨达特肯定会将这条鱼收下，付给你一个金币，你必须将钱还给他。如果他给你两个金币，你也别收，无论他给什么你都别要，就算他按鱼的重量给你金币，你都别收他的钱。

"接着他肯定会问你：'说吧，你究竟想要什么东西。'你便回答：'我不卖这条鱼，除非你送给我两句话！'如果他问：'那是什么话？'你就叫他站起身来说：'诸位在场的人都听着，我从此跟哈利法交换各自的猴子与运气。'这两句话就是鱼的价钱。假如阿布萨达特说出了这两句话，我今后就可以帮你每天挣十个金币了；而你那个独眼跛腿猴则每天陪着阿布萨达特，每天给他带来不好的运气，叫他倒霉、亏本、破产，最后变得一无所有了。你只要听我的话，便会富起来的。"

「名师点拨」红毛猴说的话非常奇特，用一条鱼来交换"猴子和运气"，真的是前所未闻，故事中所体现出来的不凡的想象力和创造力令我们惊叹！

哈利法说道："我听你的，令人尊敬的猴王先生！愿安拉永不保佑这只倒霉的猴子，我不晓得应当怎样处置它。"红毛猴说道："还是将它放到河中去吧，叫我也回到河中。""好吧。"说完，哈利法把绳子解开，三只猴子同时走进河里。渔夫将鱼洗干净，捡了一些绿草，一半放入篮子中，接着将鱼放到里面，用另外一半绿草把鱼盖住，然后往肩上背起篮子就向巴格达赶去。

「专家解疑」
搭讪(shàn)：为了想跟人接近或把尴尬的局面敷衍过去而找话说。

刚来到大街上，认得他的人都与他搭讪说道：“咳，哈利法，今天捕到什么了？”但是哈利法似乎没有听到一样，毫不理睬，只是匆忙赶路，不一会儿，就来到了钱庄，看到那个犹太商人坐在尽头的铺子里，四周有很多仆人侍候着，那排场简直和皇帝一样。哈利法一眼就认出他来，哈利法直接向他走去，站在他跟前。阿布萨达特抬起眼睛，也认出了哈利法，说道:“欢迎啊，哈利法，你来有什么事吗？如果有人说你坏话或者欺负了你，只管对我说，我会去告诉官府处置他的。”哈利法说道：“都不是，老爷，没人欺负我。今天清晨我到河边捕鱼，将网撒入底格里斯河里，捕上来一条不寻常的鱼。”

说罢，哈利法将篮子打开，让犹太钱商看那条鱼，犹太商人看到以后非常惊奇，说道：“昨天夜里我还梦到圣母了，圣母对我说：‘阿布萨达特，你知道吗？明天我要送你一份精美的礼品！’一定就是这条鱼了！”犹太商人对哈利法说道：“你讲实话，别人有没有看过这条鱼？”

「名师点拨」哈利法今天拿着那条非比寻常的鱼过来找阿布萨达特，而阿布萨达特昨天正好梦到圣母要给他礼物，这应该并不是单纯的巧合，而是跟那只红毛猴有莫大的关系，一切都更加神秘。

哈利法说道：“以安拉起誓，除了您以外，我没有叫任何一个人看过！”然后犹太商人转过身对仆人说道：“去，将这条鱼拿去煎了，我们收拾一下就关门回家。”哈利法说道：“去，叫女主人将鱼煎一半烤一半吃了。”小男仆说道：“听您吩咐，我的主人。”随后拿着鱼到屋里去了。

仆人听从主人的吩咐出去了。犹太商人从衣兜里取出一个金币，说道：“把它拿着吧，哈利法，拿去用吧。”哈利法望着犹太商人手里的钱，高兴地接过来说了一声：“多谢！”转身便离开了。

走了不远，他突然想起红毛猴嘱咐的话，赶紧返回来，将钱丢到地上说道：“这钱我不要，将鱼还给我吧！难道你这不是拿我寻开心吗？”犹太商人还以为他是在开玩笑，又付给他两个金币，但是哈利法说道：“少废话，将鱼还给我，你以为我会这么轻易地将鱼卖给你吗？”犹太商人又加了金币，说道：“五个金币应当够了吧，你这个贪婪鬼。”哈利法兴高采烈地拿着五个金币离开了。他就像从来没有见过金子似的，翻来覆去地打量着这五个金币，一面走一面说："感谢真主！即便是巴格达的哈里发也不可能有我今天的好运气！"

他走啊走啊，一直走出了这条街，突然又想起了红毛猴叮嘱的话，他赶紧再次返回犹太商人那儿，又将钱丢到了地上。犹太商人问道："哈利法，你又怎么了？难道你不愿意要金子而愿意要银子吗？"哈利法说道："我既不要金子也不要银子，只要你将鱼还给我就行了。"此刻，犹太商人实在忍不住了，于是生气地大声叫喊道："你这个不知好歹的渔夫，不就是一条破鱼吗？我付给你五个金币，你还不满足，你是大脑有问题吗？你说吧，究竟想要多少钱！"哈利法说道："我不要金银，只想要你说两句话。"

「名师点拨」哈利法看到金币后就又把红毛猴的交代抛之脑后了，如此反复两次，这样的描写并不是多此一举，因为哈利法一直过着穷苦的生活，这种看到金子就忘乎所以的描写反而更加生动。

听到他只要两句话，犹太商人不禁气得直翻白眼，说道："你这个不识抬举的渔夫，为了一条鱼居然叫我背叛自己的信仰，背叛自己的列祖列宗吗？"犹太商人把奴仆们叫来，说道："给我将他赶出去，扭断他的脖子，叫他知道我的厉害！"奴仆们如同疯狗一般冲过去向哈利法拳打脚踢了一番，一直打到哈利法趴在地上起不来，犹太商人才说道："行了！叫他自己站起来。"哈利法居然像什么事都没有似的站起身来。犹太商人说道："说吧，你到底想卖多少。你今天已经够幸运的了，老兄，要识抬举。"

「专家解疑」不识抬举：不接受或不珍视别人对自己的好意（用于指责人）。

「好词好句」信仰 起誓 *奴仆们如同疯狗一般冲过去向哈利法拳打脚踢了一番，一直打到哈利法趴在地上起不来。

渔夫说道："老爷，这一顿打的确叫我够受的了。"

犹太商人笑了一下，说道："以真主起誓，你就说个价钱吧，这次你要多少我都给！”

“我只是想让你站起来对着大伙儿宣布：‘诸位在场的人都听着，我从此跟哈利法交换各自的猴子与运气。’”

犹太商人说道：“如果这就是你想要的，那的确是一件小事。”说罢，犹太商人立即站起身来，朝着街上的过路人高声说了一遍哈利法的话，接着向哈利法说道：“还有别的什么要求吗？”哈利法答道：“没了。”犹太商人说道：“那你就离开这儿吧。”

「名师点拨」这次，哈利法没有要一个金币，只是要求犹太商人说两句话，这对于犹太商人来说当然是轻而易举的，从此处也可以看出，哈利法在重要的事情上也是非常坚定的。

哈利法拿起自己的渔网与篮子又返回底格里斯河边开始打鱼。将网再次撒下去，过了一会儿收网的时候，感觉这次的网相当沉重，哈利法费了很大力气才将网拉到岸上，看到网内装满了各种各样的鱼。正在这个时候，有一个妇女拿着一个盘子从这儿经过，用一个金币买了一条鱼。然后一个宦官走过来也用一个金币买了一条鱼。不一会儿，他就卖了十条鱼，得到了十个金币。后来的十天里，渔夫哈利法天天都可以卖十条鱼，转眼间便攒了一百个金币。

哈利法生活的地方是一个商贾居住区，一天晚上他躺在床上辗转反侧，心中思忖道：“哈利法呀哈利法，每一个人都知道你是一个穷光蛋，如今你已经拥有一百个金币了，此事肯定会传到哈里发那儿，哈里发必定会眼热，会命令人将我找去向我借钱，假如这样的话，我就回答他说：‘万民的领袖呀！我是一个穷人，您听谁说我有一百个金

「专家解疑」辗转反侧：躺在床上翻来覆去地不能入睡，形容心中有事。思忖(cǔn)：考虑。

币了？那人肯定是在说谎，我的确没有钱。’他肯定会发火，没准会说：‘把他的衣裳脱光给我打，一直等他承认并将那一百个金币交出来为止！’我可不愿意受毒刑拷打。如今最佳的办法便是立刻起床自己打自己，以便适应鞭刑。”

心中正想着，渔夫催促自己说：“快点儿起来吧，哈利法，把衣裳脱掉。”

「名师点拨」此处的描写十分有趣，哈利法因为怕国王嫉妒自己的“富有”而难以入睡，甚至还要提前适应鞭刑，哈利法这个生活在底层的小人物形象跃然纸上，让人忍俊不禁。

他一下子从床上爬起来脱光了衣服，举起一根鞭子，另外一只手抓着一个皮枕头就开始打自己。他先抽自己一鞭，再抽枕头一鞭，一面抽一面哭着诉说道：“哎呀！哎呀！以安拉起誓，那是在撒谎。老爷，他们在撒谎，我只是一个贫穷的渔夫而已，哪儿有什么钱哪！”

鞭打声在寂静的夜里听来非常响亮刺耳，邻居们全都听到了，纷纷谈论道：“那个穷苦人怎么了，怎么听见有鞭子的声音？他为什么叫的声音那么大？难道是有盗贼闯入他的家中在折磨他吗？”人们纷纷从自己家里跑出来打算解救这个可怜的人，但是到了渔夫家，看到门锁得好好的，全都说：“小偷一定是从后门进入屋内的，我们大伙儿都从屋顶下去吧。”

说完，众人纷纷朝屋顶爬去，从屋顶进入了渔夫的家里，发现渔夫光着膀子在抽打自己，惊奇地问道：“哈利法，到底怎么回事？”

哈利法说道：“我的朋友们，你们知不知道，我赚了一些钱，但是我害怕哈里发会将我的钱要走，我当然不愿意给他，但是我又害怕万一我拒绝了他，他会折磨我，因此我觉得倒不如自己先折磨自己，以便习惯他对我的毒刑拷打。”

邻居们全都用嘲笑的语气说道：“不要犯糊涂了。愿真主安拉保佑你与你的那些钱！但是你今晚这样做吵了我们，将我们全都吓了一跳。”

然后哈利法把鞭子收起来，甜甜地睡觉了。第二天起床以后，正打算去捕鱼，突然想起了自己的那一百个金币，心中思忖着：“如果我将钱搁在家中，小偷一定会将钱偷走的；如果我将钱拴在腰间，有人看到了，一定会在一个偏僻的地方将钱抢走，我必须想一个好主意。”

「名师点拨」哈利法因为这一百个金币晚上胡思乱想，做出荒唐的事情，白天又开始担心这笔钱被人偷走、抢走而冥思苦想，这样的描写非常生动，将哈利法本人活灵活现地展现在读者面前。

接着哈利法在长袍的衣领上专门缝了一个大口袋，将一百个金币放在钱包里，然后将钱包装在领子上的口袋中。随后拿上篮子与渔网走到了底格里斯河的河边。他撒了一网，什么东西都没有打着，于是换一个地方又撒了一次，仍然什么都没有。他就不住地换地方，整整一个上午就这样过去了，依旧什么都没有打着，哈利法有点儿按捺不住了，心中想着：“真主安拉啊，无论最后收获怎样，我还是再撒最后一回网。”

「专家解疑」按捺（nà）：向下压，多比喻控制（情绪）。

然后，哈利法用尽吃奶的力气将网撒出去，但是因为用力过大，那一百个金币从领口的口袋里飞了出去，一会儿就被急流冲走了。这一下哈利法慌了手脚，把渔网扔到一边脱下衣裳，跳入河里去抢钱包。他不住地跟河水搏斗，直到筋疲力尽，也没能把钱包找回来，不得不绝望地爬到岸上。

「专家解疑」
筋疲力尽：形容非常疲劳，一点儿力气也没有了。

但是在岸边只看到破旧的渔网与篮子，衣裳早已不知哪儿去了。渔夫觉得非常奇怪，心里思忖着："还讲什么'朝圣没有了骆驼万万不行'，都是胡说八道！"说完就把网收起，一手拎着渔网，一手拎着篮子，闷闷不乐地回家了，浑身污泥，如同一头迷路的骆驼一般心神不定。

国王哈里发有个好友名叫基尔努斯，是一个珠宝商人，因为他是国王的好朋友，城里所有

的商人、经济商与中间商没有一个不认得他的。城里大大小小的珠宝、奴仆与奴婢买卖一定要先让他检验，要不然就别想将这桩生意做成。

一天，基尔努斯像往常一样坐在店内，这个时候，有一个经济商领着一个女奴朝他走来，这个女奴容貌非凡，光彩照人，她不光长得美丽，并且善解人意，琴棋书画样样精通。然后基尔努斯用五千个金币把她买下来，又用一千个金币给她买来漂亮的衣服，接着将她领到国王身边，那天晚上，就把她留在国王那儿过了一夜。接下来，国王考验她各个方面的知识，发现她无一不精，天文地理都难不住她，要说聪慧在国内没有人可以与她相媲美。她名叫谷鲁布，超群出众。

第二天清晨，哈里发派人把珠宝商基尔努斯叫来，花了一万个金币将谷鲁布买下来，从那以后，国王只宠爱谷鲁布一人，从此冷落了祖白依黛与后宫妃嫔们。一个月过去了，国王除了礼拜五做祷告之外，整天跟谷鲁布厮守在一块儿，从不过问朝政。众官员看在眼里，急在心上，接二连三地向宰相拉法尔抱怨。拉法尔总想找个机会跟国王说明，直到第二个礼拜五，终于在清真寺看到了哈里发。*拉法尔讲述了国王被女色所迷恋以后出现的各种不正常的现象，劝说国王以国为重，重理朝政，千万不要贪恋女色。*

哈里发为自己辩解道："拉法尔，以真主安拉的名义

「好词好句」
容貌非凡
光彩照人
*她不光长得美丽，并且善解人意，琴棋书画样样精通。
*国王考验她各个方面的知识，发现她无一不精，天文地理都难不住她，要说聪慧在国内没有人可以与她相媲美。

「智慧引路」
宰相拉法尔在国王贪恋女色、不理朝政的时候，毅然站出来劝说，这说明拉法尔是一个非常忠心、正直的臣子。我们在为人处世方面也要像拉法尔那样敢于说真话，做一个正直的人。

起誓，我的本意并不是这样，但是我深深地喜欢谷鲁布，已经没有办法控制自己的头脑与言行，早已不能**自拔**了！”

宰相答道：“陛下，你应当知道谷鲁布已在您的掌握之中了，您任何时候都能拥有她，不应当再像过去那样迷恋、讨好她。再说，世界上有所作为的国王与王子通常都以打猎作为最好的**消遣**，在打猎当中寻求征服与胜利的愉悦。陛下您也可以用这个方法试验一下，这么一来，一定会将注意力从她身上移开，相信您用不了多长时间便会将她忘记。”

「专家解疑」
自拔：主动地从痛苦或罪恶中解脱出来。
消遣：做自己感觉愉快的事来度过空闲时间；消闲解闷。

哈里发说道：“你说得没错，拉法尔。那好，我们此刻就去打猎。”礼拜五祷告刚做完，他们便离开了清真寺，骑上高头大马，在侍卫的陪同下来到山上打猎。

此刻天气已经十分酷热，哈里发对宰相说道：“拉法尔，我快要渴死了。”说罢，向四周看了一眼，看到较远处的高山上有一个人影，就问拉法尔：“你看到前边有个人影了吗？”

宰相回答道：“陛下，我看到前边有个模糊不清的身影，或许是一个看门人，或许是一个守林人，我去那儿为您要些水喝。”

哈里发说道：“你的马不如我的快，你与他们都在这儿等着，我一个人去就可以了，一会儿便回来。”说罢，国王马不停蹄地奔驰而去，一会儿便到了高坡上的那个人

「名师点拨」
为了转移对谷鲁布的注意力，国王出来打猎，而正是此次出行，高高在上的国王哈里发居然跟生活在底层的渔夫哈利法产生了交集，如此巧合的安排，令故事更加精彩。

影身旁，那人并非别人，正是哈利法。

现在的哈利法全身污泥，衣服也没有遮住身子，身上绑着破渔网，总而言之，看起来非常悲惨，蓬头垢面，两眼布满了血丝，人不像人，鬼不像鬼。

哈里发走上前去向他打招呼，哈利法怒火冲天地勉强应了一声。哈里发问道：“老乡，请问你这儿有水喝吗？”

哈利法不耐烦地说道：“你是瞎子还是疯子？下边便是底格里斯河。”

哈里发又催马来到山下，到了河边跟马一块儿喝了个够，刚喝完水，哈里发便返回哈利法的身旁问道：“老乡，你有什么困难吗？你在这儿干什么？应当怎样称呼你？”

渔夫气恼地说道：“这比你问的第一个问题更怪、更蠢！你没看到我肩膀上背的工具吗？”哈里发恍然大悟地说道：“哦，原来你是一个渔夫！”哈利法答道：“是的。”哈里发问道：“你的大衣、外套、腰带呢？你的衣裳都哪里去了？”

听见哈里发提到自己的衣裳，此刻哈利法气不打一处来，还以为正是对面的人在河边把自己的衣裳偷走了，然后骑马过来耍弄他，就冲过去抓住哈里发的马嚼子，恶狠狠地说道：“咳，你这个浑蛋，快点儿将我的东西还给我，我可没有闲心跟你开玩笑！”

哈里发说道：“以真主安拉的名义起誓，我可从来没

「专家解疑」

蓬头垢面：形容头发很乱，脸上很脏的样子。

嚼子：为便于驾驭，横放在牲口嘴里的小铁链，两端连在笼头上。

「好词好句」

怒火冲天

恍然大悟

*总而言之，看起来非常悲惨，蓬头垢面，两眼布满了血丝，人不像人，鬼不像鬼。

有看到过你的衣裳，我怎么知道它们在什么地方呢？”

看到哈里发一副阔脸小嘴的模样，哈利法说道：“你是卖唱的还是吹笛儿的？无论你是什么人，你都要将我高贵的衣裳还给我，否则我手里的棍子可没有长眼睛，一直揍到你尿湿裤子为止！”

「名师点拨」哈利法不仅没有认出国王，还自以为是地称他为“吹笛儿的”，又吹牛说自己的衣服比国王的袍子贵十倍，这一系列的神态和动作描写，非常搞笑。

哈里发向渔夫手里的棍子看了一眼，知道那根棍子可不是好惹的，心中思忖着：“我怎么也不能挨一个乞丐的打！”然后哈里发把自己身上穿的袍子脱下来给了哈利法，说道：“老乡，你把这些拿去，就算是跟你换的。”哈利法拿过衣服瞧了瞧，说道：“我的衣裳比你的袍子还要贵十倍！”哈里发说道：“你暂时先留着。我以后再将你的衣裳还给你。”

哈利法将皇袍穿在身上，觉得太长了，就从篮子里抽出一把刀将长袍砍掉三分之一，这么一来长袍只到膝盖，觉得比先前舒服多了，又对哈里发说道：“咳，吹笛儿的，干你这一行的，一个月主人付给你多少工钱？”哈里发说道：“每个月十个金币。”哈利法听后一个劲儿地叹气说：“不幸的人，我为你感到十分难过！我一天就可以挣到十个金币！我看你不如跟我学艺，我教你怎么捕鱼，然后给你一些钱得了，这样你每天也可以挣五个金币，并且还有我这么好的主人保护你。”哈里发说道：“那真是太好了。”哈利法说道：“那你还不快点儿下马和我一块儿去捕鱼？

「专家解疑」工钱：①做零活儿的报酬。②工资。

来吧，我现在就教你应当怎样捕鱼。”

哈里发急忙从马上下来，将马拴在一边，挽起了衣袖，哈利法说道：“吹笛儿的，像我这么拿着渔网，将网搁在小臂上，接着使劲撒到河中。”

「名师点拨」哈利法教国王哈里发捕鱼时虽然只有寥寥数语，但是却十分生动。一个拿着渔网在示范教，一个俯身认真学的画面似乎就展现在我们眼前，非常有画面感。

哈里发使出全身的力气将网撒出去，过了片刻，在收网的时候，网太重，哈里发独自一人居然拉不动，因此哈利法也过来帮他，两人依旧拉不动，渔夫叫骂道：“你这个倒霉的吹笛手，一开始拿走我的衣裳，如果再将我的网弄破了，我一定要打断你的腿。”哈里发说道：“我们再来一次。”然后两人又用力拉，这次一点儿也没有费力便将网拉了上来，只见网里有各种各样色彩不同的鱼。

哈利法说道：“呀，吹笛儿的，虽然你长得晦气，运气倒是挺好，如果干我这行，你肯定可以成为一个相当不错的渔夫。现在你骑马到市场上去拿两个大箩筐来装鱼，我在这里守着鱼等你回来。我这儿有秤。过一会儿我们一块儿让你的马将鱼驮到市场上去，到那时你只管掌秤收钱就行了，这么多鱼能够卖二十个金币呢，赶快去，别耽误！”

「专家解疑」晦(huì)气：①不吉利；倒霉。②指人倒霉或生病时难看的气色。

莫名其妙：没有人能说明它的奥妙(道理)，表示事情很奇怪，使人不明白。

哈里发说道：“我现在就去。”说完就策马而去，一路上暗暗发笑，对这次奇遇笑个不停。国王骑到拉法尔身旁，拉法尔问道：“陛下，您在喝水时看到了一座漂亮的花园，便恋恋不舍了，是吗？”哈里发听后，笑得更加厉害了，众大臣都莫名其妙地跪下，亲吻地面，说道：“陛下，感

谢真主安拉帮陛下驱除烦闷，重拾快乐！是什么让您耽搁了这么长时间才回来？您在喝水时到底遇到了什么？”哈里发说：“这的确是一次让人高兴的巧遇！”

于是国王将自己方才偶遇渔夫，渔夫怎样说他偷了衣裳，自己又将衣服给渔夫，渔夫又怎样嫌长，将衣服砍去一截的经历讲给他们听。拉法尔说道：“陛下，我早就希望收藏您的袍子，如今我要到渔夫那儿将您的袍子买回来。”哈里发说道：“但他已经将袍子砍去三分之一了，被他毁掉的那件袍子已没有任何价值了！拉法尔，方才我打鱼，网到许多鱼，此时我累了，但那渔夫哈利法仍然在河边守着鱼，等着我带上箩筐回去一块儿运到市场上去卖呢。”拉法尔说道：“陛下，我立刻让人去买您的鱼吧。”*哈里发说道：“拉法尔，以我列祖列宗的名义发誓，谁从我师傅那儿买回一条鱼，我就奖赏他一个金币。”国王话音刚落，随从就把国王的话传达出去，军队将士全都骑马朝河边奔去购买哈利法的鱼。*

「智慧引路」
哈里发毕竟是国王，不能真的回去陪渔夫哈利法卖鱼，但是，他也是个言出必行的人，因此才会用这个办法使人去买他的鱼。哈里发这种对人对事认真、负责的态度非常值得我们学习。

哈利法正在岸边等着哈里发将大箩筐带回来，突然看到从远处赶来一群人，他们个个骑着马，片刻之间就把他的鱼抢光了，而且还小心翼翼地拿金丝手帕将鱼包起来，一群人为了抢鱼甚至动起了手。

渔夫说道：“看来，这些鱼一定是从天堂游来的！”说罢，自己带上两条鱼到河里藏起来，暗暗祷告着：“真主安拉呀，请叫那个吹笛手马上回来吧。”此刻，一个身材高大的黑奴向他这边走来，这个人是哈里发的黑脸宦官，因为顺便叫他的马在河边饮了些水，所以来得稍微晚了，没抢到鱼，只见他向周围看了一下，瞧见哈利法抱着两条鱼站在河中央，就叫喊道：“咳，渔夫，快点儿到这边来吧！”哈利法说道：“滚蛋吧，别在这儿撒野！”黑脸宦官说道：“将鱼给我吧，我付给你钱。”

「专家解疑」撒野：（对人）粗野、放肆；任意妄为，不讲情理。

“你是不是笨蛋？我的鱼是不卖的。”黑脸宦官拎着狼牙棒向他走来，渔夫吓得高声叫喊起来：“别打，别打！我把鱼卖给你就是了。”说罢，将鱼丢给了他。

「名师点拨」这个黑脸宦官没有跟其他官员一同出现，而是单独出现的，现在不但没有付给哈利法买鱼钱，反而让哈利法去皇宫找他要钱，很巧妙地为下文做了铺垫。

黑脸宦官小心翼翼地用手帕将鱼包好，接着伸手掏钱包，但是钱包里什么也没有，不得不对渔夫说：“渔夫，今天你不走运，我身上连一文钱都没有带，明天你去王宫找我，你说找宦官萨达尔就可以了，明天肯定将钱还给你。”哈利法说道：“看来自始至终都是很幸运的一天。”

随后他扛着网返回了巴格达，在巴格达大街上人们看到他身上穿着国王的袍子都惊诧地瞅着他。他不知不觉就来到了回家的那条胡同。这儿有一家专门给哈里发缝制衣裳的裁缝店，店老板看到渔夫身上穿着价值一千个第纳尔的王袍，觉得惊奇，就将他喊住：“咳，哈利法，你在什么地方搞到的那套衣服？”渔夫说道：“你简直是多管闲事，这是一个人跟我学打鱼时送给我的，他把我的衣裳偷走了，因此就将他的衣裳赔给我。”裁缝这才明白哈利法在打鱼时遇到了国王，国王只不过开了个玩笑罢了。

哈里发本来想出去打猎，以忘记谷鲁布。皇后祖白依黛嫉妒谷鲁布将皇帝的恩宠夺走并耿耿于怀、妒火中烧，已经达到了寝食不安的程度，整夜难以入睡，总算等到了哈里发外出打猎，就打算利用这个千载难逢的好机会陷害谷鲁布。当国王出宫以后，她派宫女把皇宫装饰一新，又派人预备了一顿丰盛的中式晚饭，在一盘最精致的甜点里放入蒙汗药。

一切都准备好以后，王后又派人请谷鲁布赴宴。于是奴仆就到了谷鲁布的寝宫，说道：“王后祖白依黛今天身体有点儿不适，已服了一些药，王后听说娘娘既会唱歌又会跳舞，想一睹娘娘的风采。”谷鲁布说道：“奴婢遵命。”说罢，毫不犹豫地带上乐器向皇后的寝宫赶来，根本不知前方有陷阱在等着她。谷鲁布带上必备的弹奏乐器，又将一名随从带在身边。谷鲁布拜见皇后，亲吻地面，说道：“祝尊贵的阿巴西的后代、先圣先贤的后代身体健康，万寿无疆，繁荣兴盛，永盛不衰！”说罢，就跟别的宫女一样站在王后身边。

祖白依黛抬眼仔细注视着谷鲁布，看到谷鲁布的脸红似玫瑰，胸脯丰满，面似满月，两弯浓眉下边有一双乌黑发亮的大眼睛，长长的眼睫毛在面颊上投下阴影；粉面发光，

「专家解疑」

耿（gěng）耿于怀：事情（多为令人牵挂的或不愉快的）在心里，难以排解。

千载难逢：一千年也难得遇到，形容机会难得。

「好词好句」

毫不犹豫

万寿无疆

*祖白依黛抬眼仔细注视着谷鲁布，看到谷鲁布的脸红似玫瑰，胸脯丰满，面似满月，两弯浓眉下边有一双乌黑发亮的大眼睛，长长的眼睫毛在面颊上投下阴影。

好似太阳照射一般光彩照人；口吐香气，整个人就像盛开的花朵，娇艳欲滴；婀娜多姿的身体随着舞步不断地挪动，那眼神真是摄人魂魄，两片嘴唇像珊瑚一样迷人，每一个看到过她的人都会为她的美貌而倾倒。

「专家解疑」
婀(ē)娜(nuó)：（姿态）柔软而美好。

祖白依黛说道："谷鲁布，欢迎你，快点儿坐下来，唱首歌儿、跳支舞让我们大家欣赏欣赏吧。"

"奴婢遵命。"说完谷鲁布就站起身拿起小鼓一面唱歌一面跳起来。

「名师点拨」
王后本来非常嫉妒谷鲁布夺走国王的恩宠，但是见识过她过人的美貌和优美的舞姿后也"不由自主地喜欢上了她"，可见谷鲁布是多么有魅力的一个人。

谷鲁布的舞姿非常迷人，致使王后不由自主地喜欢上了她，心中思忖着："难怪堂兄拉希德被她迷住呢。"一曲跳完以后，谷鲁布向皇后鞠过躬就坐下了，王后派仆人将饭菜端上，于是仆人就把放有蒙汗药的精制甜点端上来，谷鲁布毫不知情地把甜点吃下，可是，刚吃到肚子里就一头栽倒在地上昏睡过去了。王后命令宫女："将她抬到房内，我来侍候她。"众宫女听命出去了，王后独自一人来到一个宦官居住的地方，说道："给我送一个大箱子过来！"接着，王后又派人修建了一座假墓，全部准备好以后就派人散布消息，说谷鲁布由于用食不当噎死了，而且威胁身边的人："如果有人泄露一点儿谷鲁布还活着的事情，我便将他的脖子拧断！"

此刻，哈里发也回到宫里，他要干的第一件事就是找谷鲁布，正好有一名官员刚刚从王后那儿听说谷鲁布已经死去的消息，看到国王到处找谷鲁布，就走上前亲吻地面，说道："陛下，谷鲁布在吃东西时不小心噎死了。"哈里发听了这个不幸的消息，吃惊地叫喊起来："你这倒霉的奴才，向来都是满嘴晦气！"骂完以后，就怒火冲天地走入殿内，但是宫里所有的人都说谷鲁布已经死了，哈里发就问道："那么她的墓在什么地方呢？"奴仆们把国王领到假墓前，说道："陛下，这正是娘娘的墓地。"哈里发看到后，眼前一黑，扑到墓上放声大哭起来，整整哭了一个钟头才站起来，恋恋不舍地离开了。

「名师点拨」通过"眼前一黑""扑到""大哭""恋恋不舍"等一系列动作和神态描写可以看出，国王对谷鲁布用情很深，听到她死去的消息后悲痛万分。

祖白依黛看到自己的计谋已经得逞，马上叫来宦官说道："把箱子带来没有？"宦官赶紧将箱子交给皇后，接着皇后命人将谷鲁布锁在箱子

「好词好句」
代价
自语
*第二天清晨渔夫哈利法醒过来，看见太阳已高高悬在空中。

「名师点拨」
就在黑脸宦官准备还钱给渔夫的时候，宰相的出现耽误了黑脸宦官还钱。在整个故事中安排了非常多这样的巧合，引发了一个又一个令人称奇的故事情节，也令整个故事趣味盎然。

「专家解疑」
高谈阔论：漫无边际地大发议论（多含贬义）。

里，对宦官说道：“不惜一切代价将这个箱子卖掉，必须锁着箱子卖，卖箱子的钱全部用来帮助穷人。”奴仆们不敢抗命，马上抬着箱子走了。

第二天清晨渔夫哈利法醒过来，看见太阳已高高悬在空中，低声自语道：“今天我必须入宫去找那个黑脸宦官把钱要回来。”然后，他就立即起身向王宫走去。没过多久，渔夫就来到了宫门前，看到很多奴仆和官员走来走去，忙个不停，他一个挨一个地认真打量，不一会儿就认出了那个带走鱼的宦官，此刻有一个奴仆问渔夫来这儿做什么。吵闹声将那个黑脸宦官惊动了，他也一眼就认出了渔夫。渔夫知道宦官已认出了自己，就向他走来，说道：“嗨，老兄，我没有不守信用，我可是按时赴约呀！”萨达尔微笑了一下，回答道：“渔夫，你说得没错。”说完就将手伸入兜里取出钱包，准备将钱还给渔夫。就在这个时候，忽然又响起了一阵吵闹声，宦官马上跑过去看发生了什么事情，原来是宰相过来了。萨达尔马上走过去迎接宰相，两个人一边走一边聊，一直谈了很长一段时间。

渔夫哈利法被他冷落在一边，腿都站得有点儿酸了，但是宦官依然没有明白他的意思，哈利法就生气地叫喊：“老兄，快点儿把钱还给我，我好离开这儿！”因为宰相在场，萨达尔听到此话觉得很窘，只是假装没有听到，继续跟宰相高谈阔论。哈利法再次叫喊：“真不害臊！欠了人家钱不愿意还！愿你不得好死！大肚子的人，快点儿将钱还给我，我也好回家！”

萨达尔听到此话，但碍于宰相在场，不便回答。宰相看到渔夫对自己一个劲儿地嚷嚷，就问萨达尔：“你认不认识那个乞丐？”萨达尔说道：“宰相，难道您已经忘记他了？”宰相说道：“看你说的，我哪儿认识他？我本来就没有看到过他呀！”

萨达尔说道：“宰相，他正是底格里斯河边给我们鱼的那个渔夫。那天我去得晚了一点儿，没有拿到鱼，但是不能空手去见国王啊，恰巧看到他站在河中央，手中拿着两条鱼，就跟他要了一条，于是他就将鱼给了我。那时刚要给他钱，还打算顺便给他一点儿奖赏，但钱包内没有钱，因此就让他第二天到宫里找我，然后给他钱，这不，今天他来了。我正准备给他钱时，宰相您又来了，我只能先来侍候您啊，就将他冷落在一边了，这便是事情的前因后果。”

宰相微笑着说道：“萨达尔，你怎么可以叫人家从很远的地方赶来，然后又将人家冷落在一边呢？你这个宦官头，难道不知道他是谁吗？”

“不知道。”萨达尔说道。

“知道吗，”宰相说道，“他是昨天陛下拜的师傅，我们的国王今天清晨刚刚醒来便闷闷不乐，心神不定，伤心至极，看来只有这个渔夫可以叫陛下开心一点儿，就叫他去见见

「名师点拨」哈利法来向黑脸宦官要昨天的鱼钱，碰巧遇到了宰相，而宰相就想到这个渔夫可以让刚刚失去爱人的国王开心起来，所有的情节出人意料，却又衔接自然。

陛下吧，以排除他内心的忧郁。希望渔夫可以帮助陛下从失去谷鲁布的痛苦中解脱出来。国王的情绪好了，你的功劳自然也不小哇。”

萨达尔说道：“宰相，就照您的意思来办这件事吧，宰相真不愧为国家的栋梁之材，愿安拉保佑您永远做朝廷栋梁，这也算是国家的万幸！”说罢，宰相就辞别萨达尔来探望哈里发，萨达尔派人小心看住渔夫，哈利法毫无耐心地叫喊道：“老兄，你可真是一个好心人啊，居然这么对待我！我只是来取鱼钱，却要监禁我！”

「专家解疑」
栋梁：房屋的大梁，比喻担负国家重任的人。

拉法尔走到国王的寝宫，看到国王独自一人面无表情地坐在床前，头无力地垂在胸前。拉法尔

静静地站在国王身后，说道："令人尊敬的陛下，公平的保护神，阿波斯托王子的继承人，请别过于伤心，愿真主安拉保佑陛下与家人洪福齐天，永盛不衰。"

「专家解疑」
继承人：①依法或遵遗嘱继承遗产等的人。②君主国家中指定或依法继承王位的人。

哈里发抬起头，说道："你也一样，愿真主安拉保佑你。"

宰相说道："陛下，微臣有句话不知该不该说。"哈里发说："你是宰相，尽管说来听听。"宰相说道："陛下，方才我出宫打算回家，在宫门前看到了前一天您拜的打鱼师傅哈利法，他正在那里埋怨您：'以真主安拉的名义起誓，我教会了他打鱼，叫他去拿箩筐，但是他却一去不复返，这一点儿也不像好徒弟的所作所为。'所以，如果陛下有心学艺，您就去见他；如果陛下无心，我就叫他再找其他人了。"

宰相说完，哈里发微微一笑，说道："拉法尔，你说的是真的吗？渔夫真的在宫门口吗？"拉法尔回答道："以真主安拉的名义起誓，他现在正在门前等着呢。"哈里发说道："拉法尔，我决定赏赐他！如果我带给他的是不幸，那是他不幸；如果我给他带来财富，那就是他的福分。"说罢，国王把一张纸剪为二十片，对宰相说道："拉法尔，你在这张纸片上写上从一金币至一千金币的不同数目的奖励金额，然后再写上从鞭打一下到死刑二十种不同的处罚规则。""遵命，陛下。"拉法尔答道，接着就奉命办事去了。

「名师点拨」
从国王的神态和语言中可以看出，国王对哈利法的到来感到很开心，但是他此时却想出这样的办法来对待无辜的哈利法，实在是不应该。

拉法尔写完以后，国王说道："拉法尔，我以列祖列宗的名义起誓，把渔夫叫来，让他从里面抽一张，那上面的内容天知地知，你知我知。无论他抽的纸条上写的是什么，我全部会满足他。即使他十分幸运地抽到一国之君这张签，我也会毫不犹豫地让位给他。如果他不幸抽到死刑签，我也绝不饶恕他，一切都会按照签上写的去办。"

「专家解疑」饶（ráo）恕：免予责罚。

拉法尔听后，心中暗道："天哪，这个渔夫应该会面临怎样悲惨的命运啊，如果真出现什么意外的话，那可都是我的错啊。但这可是国王的命令，我必须得按照他的命令办啊。君要臣死，臣不得不死呀！"

「哲理名言」君要臣死，臣不得不死呀！

宰相走出王宫，把哈利法叫到了国王跟前。渔夫不明白事情的真相，吓得心神不定，心中思忖着："实在不应当沾上那个倒霉的黑脸宦官，又栽到这个大肚子的人手中。"拉法尔拉着哈利法的手一直朝前走，后边跟着一大群宫里的奴仆，哈利法吓得一个劲儿地叫喊："你们抓了我还不够，还叫这么多狗奴才跟着我，担心我逃跑哇？"

拉法尔拉着哈利法经过了七道走廊，才对哈利法说道："渔夫，你听好了，此刻你可是去拜见国王啊！"宰相一面说着一面掀开帘子，哈利法怯生生地朝里面看去，看到国王哈里发高高坐在宝座之上，很多官员、奴仆服侍在他的身边。

渔夫一眼就认出了哈里发，走到他跟前说道："吹笛儿的，欢迎你呀！你实在不应当打完鱼后就离开，将我一人丢在那里看鱼！你走以后来了一大群人，有黑的、有白的，将我的鱼抢了个一干二净。这可都是你的过错，如果你早些将箩筐拿来，没准儿那些鱼能卖一百个金币呢！如今我来要鱼钱，但是他们不但不给，还将我抓起来了。他们是不是也将你抓到这儿了？”

听到渔夫的话，国王高兴地笑起来，撩起帘子的一角，探出头对渔夫说道：“过来，来这儿抽个签吧。”

哈利法说道：“昨天你还是个渔夫，今天怎么当起算命先生来了？你知道吧，人知道得愈多，便会愈落魄。”拉法尔在一边催着他说：“国王让你抽你就快点儿抽吧，少废话。”

渔夫走上前去，一面伸手抽签一面说道：“希望这个三心二意的坏蛋不要继续缠着我去捕鱼了。”说罢，拿了一张纸片交给了哈里发，说道：“吹笛儿的，这个纸条上写的是什么？不要哄我，你就尽管说吧。”

哈里发拿过纸条递给了拉法尔，说道：“将纸条上写的内容给大家念念。”拉法尔看了看，叫道：“一切都是天意，唯有依靠万能的主了。”国王问道：“到底写了什么，拉法尔？是不是好消息？”宰相说：“众民之领袖呀，上边写着重打渔夫一百大板。”接着，哈里发毫不犹豫地让人打了渔夫一百大板。*打完以后，渔夫跳起来，说：“简*

「名师点拨」
虽然宰相之前已经提醒过哈利法他此时是去拜见国王，但是一见到哈里发，他还是没能想到哈里发就是国王，还把他当作是吹笛儿的，实在是憨态可掬。

「专家解疑」
落魄：①潦倒失意。②放荡不羁。

「智慧引路」
国王此刻虽然失去了爱人很伤心，但是确实不应该拿无辜的渔夫寻开心。我们在平时生活中也要注意，不要将自己的快乐建立在别人的痛苦之上，要公平、友好地对待他人。

「智慧引路」拉法尔虽然是出于好意请求国王再让哈利法抽一次签，即便是死了也是解脱了，但是，这只是他的想法，他不应该将自己的想法强加在别人身上，更何况这还事关生死。

直是倒了八辈子霉，你们这些黑心肝的人，你们抓我、打我都是在拿我寻开心！”

拉法尔说道：“陛下，渔夫辛辛苦苦来一趟，怎么可以叫他两手空空回去呢？希望陛下再给他一个机会，也许这次有幸抽张好签，改变一下他的命运呢。”哈里发说：“拉法尔，以真主安拉的名义起誓，如果他抽到死签，那我依然照杀不误，那你就难以逃脱罪责了。”拉法尔说道：“如果他真的死了，就摆脱了世上的一切恩怨，也能够安息了。”但是渔夫哈利法却训斥他说：“愿真主安拉叫你不得好死！我什么地方得罪了你，你居然要把我置于死地？”拉法尔说道：“抽签吧，愿真主安拉保佑你。”

哈利法不得不再抽一次，把签交给拉法尔。拉法尔看了以后，一言不发。国王问道：“为什么不讲话？难道你哑巴了吗？”“陛下，纸条上写着：‘什么都不给渔夫！’”国王说：“这么看来，他从我们这里是得不到面包了，叫他离开吧。”拉法尔说道：“看在先皇的分上，请求陛下叫他再来一次吧，或许这次会有所好转。”哈里发说道：“那么就再来一次吧，这可是最后一次机会了。”

「名师点拨」哈利法虽然只抽到一个金币，但是他非常乐观，并不因此而感到沮丧，反而还因可以免受杖责而感到开心。

接着渔夫抽了第三张签，这次，上边写着：“给渔夫一个金币。”拉法尔非常失望地喊道：“我真心想成全你。但是真主安拉不同意，只赏你一个金币。”哈利法说道：“与一百大板比起来，一个金币已经非常好了。愿真主安拉叫你不得好死。”哈里发微笑了一下，拉法尔赶紧拽着渔夫离开了宫殿。

哈利法来到大门口，黑脸宦官看到他戏谑道：“喂，渔夫，过来，将国王赐予你的见面礼也拿出来分给我一份！”哈利法气愤地说道：“你这个黑鬼，我挨一百大板只换来一个金币，你还想跟我分吗？我倒非常愿意跟你分呢！”说完，将一个金币丢给宦官就离开了，出门的那一瞬间，他忍不住掉下了眼泪。

「专家解疑」
戏谑（xuè）：用有趣的引人发笑的话开玩笑。

黑脸宦官看到渔夫泪流满面，非常可怜他，也知道渔夫并没有撒谎，就让人将渔夫追回来。奴仆们将渔夫叫回来，萨达尔由兜里取出一个钱包，将钱包内的一百个金币都放在渔夫手里，说道：“这是付给你的鱼钱，拿去吧。”*哈利法拿着宦官送给他的一百个金币与哈里发给的一个金币兴高采烈地走了，将方才挨板子的不快抛到了九霄云外。*

「智慧引路」
哈利法得到这一百零一个金币后就忘记了刚才的不开心，可见他是一个非常乐观的人。我们也要向哈利法学习，凡事多想好的一面，做一个积极、乐观的人。

无巧不成书。就在他回家的路上，哈利法走过一个女奴买卖市场，看到那儿人山人海，渔夫感到非常奇怪，心中思忖道：“那些人都在那儿干什么呢？”哈利法使劲儿挤到人群前边，听到有人叫喊道：“大家为宫里的老爷让个路吧，叫他先过去。”

哈利法探长了脖子向那边看去，只见一口大箱子，而且旁边端坐着一个宦官，有一个老汉站在一边，老汉高声叫喊道：“诸位商客，诸位老板，有谁想买王后祖白依黛

「哲理名言」
无巧不成书。

的箱子？箱内装着不明之物，谁来开个价钱？愿真主安拉赐福于你们！”有一个商人叫喊道：“啊，这实在太冒险了！让我先说吧，大家别埋怨我。我付二十个金币！”另外一个人叫喊：“五十个金币！”人们彼此加价，最后价钱高得达到了一百个金币。

老汉问道：“还有没有人加价？”此刻，哈利法叫喊道：“我付一百零一个金币。”

听到哈利法也来参加竞买，人们全都认为他在开玩笑，纷纷嘲笑他说道：“咳，宦官，那就一百零一个金币卖给

我们的哈利法吧！”宦官也说道：“我也正有这个意思呢！拿去吧，渔夫，希望里边有个好东西给你，将钱拿过来。”

哈利法把钱拿出来递给宦官，宦官一手接钱，一手交货，同时将箱子给了哈利法，完成命令就回宫去向祖白依黛交差了，祖白依黛当然非常高兴。

「名师点拨」哈利法因为去王宫正好得到了一百零一个金币，而此时，他又正好用这一百零一个金币买下了王后的箱子，也就是装着谷鲁布的箱子，果真是“无巧不成书”。

渔夫花了大价钱买了一口神奇的箱子，也不知道值不值，先将箱子扛回家。箱子实在太沉了，压得肩膀隐隐作痛，渔夫干脆放在头上一路顶着回家了。总算到了家门口，

哈利法已经累得一个劲儿地喘粗气，眼睛里直冒金星，精疲力竭。他把箱子放下，叹息道："哎，如果知道箱内装的是什么东西就好了！"

哈利法喘着粗气将门打开，然后将箱子拖入屋内，想打开箱子，但是没有如愿以偿。哈利法喃喃自语道："为什么我一时**鬼迷心窍**就将这口箱子买下了呢？既然错误已经酿成，现在也只能打开箱子看看了。"

「专家解疑」鬼迷心窍：指受迷惑，犯糊涂。

他想尽各种办法撬锁，但怎么也打不开，就想先睡一觉，等到明天再弄。但箱子已经占去很多地方，连个睡觉的地方也没有了，哈利法不得不爬到箱子上躺下来。刚刚躺下不久，哈利法突然觉得箱子里边有动静，一时间吓没了魂，一动也不敢动，睡意全消，大声叫喊道："这个箱子中肯定有鬼，感谢真主安拉没有叫我把它打开，否则我早就没命了！"

说罢又躺下了，但是箱子又动起来，比先前声音更大，哈利法吓得由箱子上蹦下来叫喊道："它又来了，这实在太令人恐惧了！"于是急忙去找灯，但是没有找到灯，想买灯又没有钱，哈利法索性跑到大街上叫喊道："咳，街坊邻居们，快来救命啊！"这个时候已经是大半夜了，邻居们都被哈利法从睡梦中吵醒，一个个睡眼蒙眬地问道："究竟发生了什么事，哈利法？"他说："我的好邻居，先借我一盏灯用一下，我家中闹鬼了。"人们纷纷讥笑他在说谎，

「名师点拨」哈利法的邻居虽然不相信他说的话，但是还是将灯借给了他，可见哈利法的邻居们都是非常善良的人，他们与哈利法相处得也很和睦。

可依然将灯给了他。

哈利法拎着灯回到家里，用一块石头把锁砸开，打开箱子一瞧，里边睡着一个非常漂亮的女子。她被哈利法“砰砰”的敲锁声惊醒，睁开眼睛一瞧，看到自己被装在箱内，觉得有点儿憋闷，就动弹了一下。哈利法看到女郎醒了，就说道：“以真主安拉的名义起誓，姑娘，你从什么地方来？”女郎说道：“快点儿给我一些茉莉与水仙。”哈利法说道：“姑娘，你在讲什么呀？这儿只有散沫花。”

「名师点拨」谷鲁布没有死，而且还阴差阳错地到了哈利法的手里，谷鲁布的到来会给哈利法的生活带来哪些改变呢？继续往下阅读吧。

这个时候，女郎才苏醒过来，她上下打量着哈利法，说道：“你是什么人？我这是在什么地方啊？”

“姑娘，你这是在我家里。”

女郎说道：“难道我没有在哈里发的宫殿里吗？”他说道：“什么哈里发，你这个疯子，我告诉你，如今你是我的奴隶了，我今天花了一百零一个金币将你买下来，你当时就睡在这个箱子中。”

女郎听后说道：“那你叫什么名字？”他说：“我叫哈利法，看来我要时来运转了。”女郎微笑了一下，说：“不要做美梦了。你可以给我找些吃的吗？”

「专家解疑」时来运转：时机来了，运气有了好转。

“我这儿可是吃、喝都没有呀！我已经两天没吃东西了，此刻已经饿得无法忍受了。”女郎问道：“你没有钱吗？”他说道：“我的钱都花在买这个箱子上了，如今分文没有了。”女郎笑着说道：“你到街坊邻居那里给我弄些吃的吧，我饿了。”

然后，哈利法走在大街上叫喊道：“哎，街坊邻居们！”邻居们已经进入了梦乡，再次被渔夫从梦里吵醒，一个个揉着眼，探出头问道：“怎么回事，哈利法？”哈利法说道：“好心的邻居们哪，我饿了，什么吃的都没有了。”

「名师点拨」哈利法的邻居们并没有因为哈利法再次吵醒他们而生气，反而同情哈利法，纷纷将自家的食物拿出来给他，这种邻里和气的相处方式很值得我们学习。

邻居们都非常可怜他，这个给一点儿肉，那个给一些奶酪、黄瓜、南瓜……片刻之间，哈利法的怀里就都是食物了。哈利法回到家里将食物放到女郎面前，说道：“吃吧。”但女郎又讥笑他说道：“没有一点儿水，怎么吃啊？我怕会被噎死。”

“我去给你弄壶水来。”说罢，他再次来到街上喊道：“哎，街坊邻居们！”邻居们没有耐心地说道：“又怎么了，哈利法？你今晚是怎么回事啊？”“好心的邻居们，你们给的食物我吃光了，但是我非常渴，想喝些水。”

接着邻居们又你一碗我一杯地给他送水，时间不长，水壶便灌满了，哈利法背着水壶回到家里，说道：“姑娘，这一次，应当可以吃了吧。”女郎说道：“可以了，不需要其他什么东西了。”

「名师点拨」因为救下了国王的宠妃谷鲁布，哈利法又跟国王哈里发产生了联系，一个又一个巧合让他们之间的联系越来越紧密，让这个故事也越来越有趣。

“和我讲一下你的故事吧。”哈利法说道。

女郎说道：“混账，你居然不知道我是谁，那我此刻就告诉你。我就是国王的宠妃谷鲁布，王后祖白依黛嫉妒我，所以拿蒙汗药将我迷倒装到这个箱子里。感谢真主安拉，我没有死！如今你的好运来了，国王肯定会赏给你很多钱财，不久，你便会成为大富翁。”哈利法说道：“哈里发就是我在宫里看到的那位吧？”女郎说道：“没错。”他说道：“我的天哪，我从来没有见过比他还要残忍的人，那个蠢家伙，他昨天无缘无故地打了我一百大板，却只给了我一个金币，而我却教会了他打鱼，他耍弄了我。”她说道：“不要说那些大逆不道的话，仔细想想，将眼光放得长远一点儿，你的愿望总有一天会实现的。”

「专家解疑」
大逆不道：封建统治者对反抗封建统治、背叛封建礼教的人所加的重大罪名，现泛指叛逆而不合于正道。

听到女郎的话，哈利法恍然大悟，觉得好运马上就要来了，就对女郎说道：“你说得没错，夜深了，快点儿睡吧。”于是女郎和衣睡在箱内，哈利法在距箱子不远的地上睡着了。

第二天清晨一醒来，女郎便找哈

利法要来纸与笔墨，给哈里发的好友基尔努斯亲自写了一封信，将自己的遭遇与此刻所处的境况叙述了一番，而且说自己如今已经被卖到了渔夫哈利法家里。写完信以后，女郎叮嘱哈利法说：“带上这封信去珠宝市场那儿找一个名叫基尔努斯的珠宝商，你只管将信交给他，什么都用不着讲。”

“遵命。”于是，哈利法带着信朝珠宝市场那里奔去。哈利法不住地向人们打听基尔努斯，后来，终于找到了他的铺子。*哈利法跟基尔努斯打过招呼以后，基尔努斯面无表情地说道：“你想要什么？”哈利法将信交给基尔努斯，但基尔努斯并没有马上看信，而是认为哈利法是来向他要钱的，就对店中伙计说道：“给他五角钱。”哈利法说道：“我并非乞丐，也不是来向你行乞的，你先看看那封信吧。”*

「智慧引路」很明显，基尔努斯将哈利法当成了乞丐，对他并不够尊重，但是哈利法却并不以为然，表现得不卑不亢。我们在生活中也不能以貌取人，要尊重每一个人。

于是，基尔努斯打开那封信，看完以后才知道事情非同小可，他拿着信一次又一次地亲吻，然后又将信放在头上，就像是顶礼膜拜。过了片刻，基尔努斯站起身对哈利法说道：“好兄弟，你家在什么地方？”哈利法说：“你打听我家干什么？你是想去将我的女奴偷走吗？”基尔努斯说：“不是，我是打算给你们买些吃的。”然后，哈利法将自己的地址告诉了基尔努斯。这位珠宝商得到了地址以后说道：“你做得不错！愿真主安拉保佑你健康长命，你走运了！”说罢，又喊来两个伙计，叮嘱他们说：“带这个人

「专家解疑」顶礼膜拜：形容对人特别崇敬（多用于贬义）。

到莫何辛的店铺那儿去，让莫何辛给这人一千个金币，随后再将这个人带到这儿。”

哈利法被店伙计带到账房，莫何辛给了哈利法一千个金币，又让店伙计把他带了回去。基尔努斯骑在高头大马上，好像已经整装待发，很多奴仆侍候在他的身旁。基尔努斯对哈利法说道：“你也骑一匹骡子吧。”

哈利法吓得一个劲儿地摆手：“不用了，算了吧，我担心我会摔下来。”

基尔努斯固执地说道：“你非骑不可。”说着就走上前来，渔夫不得不爬到骡子上，倒坐在骡背上，抓着骡子尾巴，哈利法大叫了一声惊动了骡子，骡子将他重重地摔到地上，众人都纷纷讥笑他。

渔夫站起身来，说道：“我刚才已经说了，我不会骑这个驴不像驴，马不像马的东西。”于是基尔努斯就不再理睬他，自己一个人去宫里拜见哈里发，将谷鲁布的境况对他说了一番，随后就返回了自己的钱庄。

哈利法还未到家，就看见许多人围在家门前不知议论些什么，他仔细一听，听到有人说道：“这个姑娘不知是哈利法这家伙从什么地方悄悄地弄来的！”还有的人说：“看来他一定是在路上看到这个姑娘酒喝多了，就趁机将她带回家里来了，如今东窗事发，他一定是藏到什么地方去了。”

正当众人谈得起劲时，哈利法出来了，人们又纷纷埋

「专家解疑」

整装待发：整理行装，等待出发。

东窗事发：传说宋代秦桧曾与妻子在自己家的东窗下定计杀害了岳飞，后来秦桧得病而死。他妻子请方士作法事，方士说他看见秦桧在阴间身戴铁枷受苦，秦桧对他说：“可烦传语夫人，东窗事发矣。”（见于元代刘一清《钱塘遗事·二·东窗事发》）后来用“东窗事发”指罪行、阴谋败露。也说东窗事犯。

怨他：“哈利法，你实在不幸，你知道你闯了什么祸吗？”

“不知道，发生什么事了？”

众人又说道：“方才官兵过来将你偷来的姑娘抓走了，后来又回来找你，但是没有找到。”

「专家解疑」
怒火中烧：怒火在心中燃烧，形容愤怒的情绪非常强烈。
众星捧月：比喻许多人簇拥着一个人，或许多个体拥戴一个核心。也说众星拱月。

“他们怎能把我的姑娘抢走呢？”哈利法不禁怒火中烧，气呼呼地回了家，还听到有人在他背后说道：“如果将他抓住，他们肯定要把他杀了。”

渔夫怒气冲冲地去了珠宝市场，找到基尔努斯斥责道：“你这个浑蛋，不但用甜言蜜语欺骗我，而且还在暗地里指使人抢走我的姑娘，你怎么能够这样对我呢！”基尔努斯也怒斥道：“你这个白痴，赶紧给我闭嘴！”说完，拉着渔夫来到一间富丽堂皇的房间，看到一位端坐在一个金板凳上的女郎，身边的女仆众星捧月般地侍候她。

基尔努斯进入门内以后拜见她，跪倒在地。他将哈利法方才的经历讲给她听。谷鲁布微笑着说道：“这不怪他，他只是一个普通人，这里还有一千个金币，就算是我给他的赏钱吧，国王哈里发应该还会另外赏他的。”

「名师点拨」
谷鲁布果然知恩图报，按照之前所讲的那样带着哈利法一起进宫，请求国王的赏赐，看来哈利法这次真的要变成大富翁了。

正说着，国王就派特使赶过来了，原来国王打听到谷鲁布的下落以后，再也按捺不住思念之情，马上派人来接她回宫。谷鲁布打扮了一番以后，就带着哈利法一块儿入宫拜见国王。谷鲁布亲吻地面，哈里发赶紧把谷鲁布扶起来，让她坐在自己身旁，一个劲儿地问东问西，而且问是谁买了她。

谷鲁布说道：“是渔夫哈利法，他就站在那里呢，他说他与陛下还有账没有算清呢。”国王问道：“他在哪儿？”谷鲁布说道：“他来了，陛下。”

哈里发派人把渔夫带到跟前，哈利法亲吻着地面，而且祝国王健康长寿，国泰民安！*哈里发看到他非常高兴，和渔夫没完没了地讲起来。渔夫把自己这两天来的所见所闻，通通讲给国王听。国王非常高兴，心情也好了许多，就向哈利法问道：“渔夫，你给我们带来了太多的欢乐，你想要什么只管说出来吧！”*而哈利法却什么也不要，于是国王就自己决定，赏给哈利法许多金币，还有许多名贵珠宝和许多奴仆，转眼间，渔夫的身份高贵起来。

「智慧引路」
哈利法总是能够给身边的人带来快乐，所以他的邻居都乐于帮助他，而国王也非常喜欢他。所以说，一个能够传递快乐、分享快乐的人是最可爱的人。

渔夫哈利法不仅得到了国王的赏赐，哈里发国王还下令以后每个月给哈利法五十枚金币的俸禄，从那以后，渔夫在国内很受人们的敬重。

哈利法回到家后，用国王赏赐的钱建了一处豪华的宅院，又花了不少钱把新家布置了一番，哈利法在新家里过得舒服自由，好不快活。

后来，哈利法娶了本地一位富豪的女儿为妻。妻子美丽贤惠，哈利法和妻子恩恩爱爱，和和睦睦，从此过上了舒服闲适、养尊处优的日子。

「专家解疑」
俸禄：封建时代官吏的薪水。
养尊处优：生活在尊贵、优裕的环境中（多含贬义）。

名家品评

从河里捕上来三只猴子后，哈利法遇到了一系列有趣的事情，还非常巧合地遇到了哈里发国王，他最终因为给大家带来了快乐而受到哈里发国王的封赏，过上了幸福安逸的生活。从这个故事中我们可以看到，主人公哈利法虽然穷困潦倒，但是他却善良、乐观、无所畏惧，他原本所拥有的财富并不比哈里发国王少，而且还是无价的精神财富。

阅读思考

1. 哈利法捕上来的三只猴子分别是什么样子？
2. 哈利法为什么要鞭打自己？
3. 哈利法把国王当作了什么人？
4. 哈里发国王为什么要赏赐哈利法？

此生不笑之人的故事

有一个富翁的儿子，在父亲死后由于挥霍无度，很快就将父亲的遗产败光了，只能靠出卖劳力来赚钱糊口。一天，有一个老人来雇佣他照顾十个老人的生活起居。这些老人十分富有，却经常哭泣，青年对此充满了好奇。老人们死后，这个青年最终抵挡不住内心的好奇，决定解开这个秘密，究竟是什么原因使得老人们伤心哭泣呢？青年最后的结局是怎样的呢？让我们一起去故事中解开这个谜团吧。

在很久很久以前有一个非常富有的人，他有着非常多的田产，家里有数不清的车马和仆人，过着无比奢靡的生活。他死了以后，他年幼的独生子便继承了他的家产。

「专家解疑」
奢靡（mí）：奢侈浪费。

他的儿子慢慢长大了，面对堆积如山的财富，他日日沉溺于花天酒地之中，过起了无比享受的生活。由于他非常慷慨，一向乐善好施，花钱如流水。几年以后，他把继

承的遗产花得一无所有。然后他靠变卖婢仆和房产勉强维持着生活，逐渐变得非常贫穷，衣食无着，为了混口饭吃，最后，他只有做起了短工，靠出卖劳力挣点钱糊口。一年以后的一天，他像往常一样坐在墙下，等着有人来雇佣他。一个衣冠整齐、慈眉善目的老人走了过来，看到了他，便跟他打招呼。他感到非常奇怪，于是问他：

“你认得我吗，老伯？”

“孩子，我并不认得你。不过我看你现在虽然落魄潦倒，身上却有富贵的迹象，这是怎么回事啊？”

“这都是命里注定的啊！老伯你需要我帮你做什么吗？”

“需要，我想请你为我做些简单的家务。”

“告诉我吧，都是什么家务，敬爱的老伯。”

「智慧引路」

这个人把自己变贫穷的原因归结在命运上，但实际上却是由于他奢侈浪费、肆意挥霍造成的。我们也应该引以为戒，要懂得珍惜我们所拥有的财富，不能等失去以后再抱怨命运的不公。

“我想请你去我家里照料十个老人的起居。管你吃住衣着，除了工资之外，我还会付给你一些额外的酬金。托安拉的福，也许你会得到你之前失去的一切呢！”

「专家解疑」
照料：关心料理。
额外：属性词。超出规定数量或范围的。

“我清楚了，我愿意听命于你，给你干活。”青年显得十分高兴。

老人接着说道：“但是我有一个条件。”

“告诉我吧，是什么条件？”

“如果看见我们经常伤心哭泣，不要问我们为什么如此。必须保守这个秘密。”

“没问题的，老伯，我不问就是了。”

“万能的安拉保佑我们，我的孩子，跟我走吧。”

然后老人带这个青年去了澡堂，让他洗了洗澡，洗掉了污垢后，换上一套新衣服，把他带回了家。

老人的家是一幢非常高大的房子，既坚固又宽敞，里面房屋众多，附带花园，养着鸟雀，在大厅的中央有一个喷泉。大厅里铺着彩色的云石地板，地板上铺着丝毯，天花板上镶着金，显得灿烂夺目。有十个看上去年迈的老人在屋里，个个都穿着丧服，相互对着伤心哭泣。看到这情景，青年觉得非常奇怪，他很想上去问个明白，但是想到老人先前提的条件，知道不能问，于是便悄悄地走进去，默不作声。

「名师点拨」
通过对老人家的住所的详细描写可知，他们的房子非常豪华，是一个非常富有的人家，但是他们却还是伤心地哭泣，这样的反差不免让人充满好奇。

老人拿出一个匣子交给他，青年打开发现里面盛着三千金币，老人指着匣子对他说：

「好词好句」
维持
尽心竭力
*老人们相继去世一点儿都不奇怪，就算是活着的人，早晚也是要去见安拉的。

“我的孩子，这些钱就交给你了，你要用它来维持我们的生活，以后这里的一切就交给你了。”

“好的。”青年高兴地接受了对他的托付，从此他开始细心地服侍照顾这些老人。

青年尽心竭力地安排照料老人们的生活，老人们生活的一切都亲自过问，他们从此就安静愉悦地生活在一起。可是只过了几天，就有一个老人因病去世了，老人们伤心地洗涤同伴的尸体，把他的尸体装殓好，然后葬在了后花园中。

此后的几年里，这些老人一个个相继死去，最后只剩下青年和那位老伯两人相依为命。就这样过了几年以后，老人也生病了，危在旦夕的时候，青年对他道：“老伯，这十二年来我勤勤恳恳地照顾你们，一直都小心谨慎！十二年了，没有偷过一天懒。这么多年如一日般地操劳。”

「专家解疑」
相依为命：相互依靠着生活，谁也离不开谁。
危在旦夕：指危险就在眼前。

“是的，孩子。你细心照顾了我们这么多年，非常勤恳。老人们相继去世一点儿都不奇怪，就算是活着的人，早晚也是要去见安拉的。”

“我的主人！如今你病情非常严重。在这个时候能否告诉我那个秘密呢？你们为什么一直都苦闷、伤心、哭泣呢？”

“不要为我感到难过，我的孩子，你不需要知道这些事。我已经向安拉祈祷过了，希望他能够保护你别再重蹈我们的覆辙，像我们这样悲痛地活着。你如果不想过我们这样的生活，千万不要开启那道房门。”他伸着手，指向一道房门，然后郑重地警告青年：“如果你非要弄清楚原因，不顾我的劝阻去开那道门，门开了以后你会明白的，但是同时你也逃不出和我们相同的劫难，那个时候，我的孩子，你就后悔莫及了啊。”

「名师点拨」老人不希望青年以后过上跟他一样的悲苦生活，所以才非常严肃地警告他，但是他的警告能战胜人内心的好奇吗？这个答案只能从下文揭晓了。

此后，老人的病情越来越严重，最后也像那些老人一样与世长辞了。

青年把他的尸体挨着他的同伴们一同葬在了后花园里。房间里就只剩他一个人了。他一个人每日孤零零的，不知道干什么。他逐渐变得惶惑、坐立不安起来，老人们的事情整天都吸引、诱惑着他。但是他记得老人临终时的嘱咐，不能开那道门，但是他被强烈的好奇心驱使着，决定去看个究竟。于是他走了过去，仔细地打量那道门，他看得十分清楚，那道门显得非常别致，有四把钢锁在门上，蛛网已经尘封门楣。

想起老人临终时严厉的警告和嘱咐，他犹豫了一番，不由得离开了。但是想开门的念头一直萦绕在他的心头。*他的内心进行了激烈的挣扎，他彷徨、犹豫了整整七天，到第八天的时候，他实在坚持不了了，于是他下了决心，自言自语地对自己说：“也许一切都是命里注定的，安拉的惩罚是无法避免的，但是我一定要把门开开，看看它里面到底是什么，能给我带来什么离奇的遭遇。”因此，他*

「智慧引路」老人的严厉警告只维持了七天，而心中的好奇则日益膨胀，最终驱使他抛开警告，打开了大门。我们在生活中应该保持一份好奇心，但是万事都要有度，在适当的时候要懂得克制自己。

立刻冲到门那里，把锁打破，然后推开了门。

门被他推开以后，他走进去，看到一条通道，非常狭窄，他不管不顾地一直朝里走。三个钟头以后，他发现自己来到了一望无际的海边，这让他感到非常惊奇，他在海边张望着、徘徊着。忽然从天空扑下来一只大雕，把他抓起来。带着他飞了一阵，然后落在了一个岛上，大雕扔下他，然后独自飞走了。

「专家解疑」
徘(pái)徊(huái)：①在一个地方来回地走。②比喻犹疑不决。③比喻事物在某个范围内来回波动、起伏。
遐想：悠远地思索或想象。

他一个人在孤岛上没有地方可去，就这样过了好多天。一天，他正在海边叹息不已，忽然看见远远地有一只小船出现在海面上，他顿生希望，心情惶惑地等待着那只小船向他靠近。

「名师点拨」
通过这个人对小艇的观察可知，这只小艇非常豪华，制作也非常精美，小艇上还有十个美女。由此我们可以推断，这只小艇的主人肯定是个非常尊贵的人。

等到小船靠近他的时候，他仔细观察一番，发现那是一只小艇，周身用象牙和乌木精制而成。船身被金属磨出了光，桨舵是檀木质的，十个美若天仙的女郎坐在船上。看见他，女郎们一同出来，开始吻他的手，并对他说道："女王的新郎啊！请跟我们来吧！"然后有个拿着丝带的婀娜多姿的女郎靠近他，打开手里的袋子，从里面拿出一套宫服和一顶镶满珠宝的金王冠，为他穿戴一番。然后带他上了船，船向海中央驶去。

在船上他看到各种色彩的丝绸垫子铺在船上。他看着这富丽堂皇的装饰和那些美丽的仙女，怀疑自己在梦里。但是他还是忍不住遐想，船会把我带到哪里去呢？

美丽的船儿被仙女们划了好一阵，在一处岸边停了下来。

他抬头看了看，看到无数装备整齐、铠甲灿烂的兵马阵列在岸上。她们为他准备了五匹金鞍银辔骏马，看上去光彩夺目。他选其中的一匹跨上去，四匹跟在他坐骑的后面，后面兵马自动分成两列，拥着他浩浩荡荡地向前走去。一路上只见鼓乐不休，旗帜满布，仪式隆重而又庄严。

「好词好句」
光彩夺目
浩浩荡荡
*他抬头看了看，看到无数装备整齐、铠甲灿烂的兵马阵列在岸上。
*一路上只见鼓乐不休，旗帜满布，仪式隆重而又庄严。

看见这种情况，他不禁感到非常疑惑，无法相信眼前的事实。

他们走了许久，来到一处地方，非常开阔，有庭园和茂密的树林、盛开的鲜花和歌唱的飞禽，小河湍急地流着，景致美丽无比，在这美丽的景色里矗立着一座宫殿。

看到他们到来，许多人从宫殿里拥到草坪上，围着他们，然后有一位骑着骏马的国王来到他的面前，他立刻下马向国王致敬。

「名师点拨」
故事讲述到这里我们了解到，原来那只小艇的主人竟然是这里的国王，难怪会那么豪华、美丽。

国王对他说："现在你是我的客人，跟我来吧！"然后两人骑着他们各自的坐骑，一路谈笑，来到宫殿门前，双双下马，牵着手走进了宫殿里。

他被国王赐坐于一把镶金座椅上，国王随即坐在了他身边。然后她取下面纱，露出脸，竟是一个面若桃花、可爱美丽的巾帼女英雄。国王的美丽和宫殿的富丽堂皇让青年感到惊奇极了。女国王对他说道："我是这个国家的女王，

「专家解疑」
巾帼（guó）：巾和帼是古代妇女戴的头巾和发饰，借指妇女。

刚才你看见的士兵也都是女孩。宫殿里没有男子。在我们国家，耕田种地、修房筑屋由男人负责，国家大事归女人管理。我们国家的女人不但负责处理一切国家事务，掌握政府的一切权力，而且还有规定的兵役。”

「名师点拨」 这个国家是女尊男卑的社会，男人只是负责劳动，而女人则掌握着国家大权，这跟青年生活的国家可以说是完全相反，所以青年才会感到非常惊讶。

听了女王的这些话，青年感到非常惊讶。

过了一会儿，宰相过来了。她是个面貌威武庄重的老太婆，头发已经斑白，女王对她道："去请法官、证人过来吧。"

宰相听了女王的话，立刻离去。女王温柔地跟青年说话，问他："我要嫁给你，你乐意娶我吗？"

青年站起来，跪下，吻着地面，恭敬地对女王说："我可是比您的仆人还穷呢，国王陛下。"

"这些财产、婢仆以及人马你都看到了吗？"

"我看到了，国王陛下。"

"我这里所有的东西，你可以随意使用。"她指着一道房门，那是一道上了锁的门，对青年说道："我就是这个意思，这里的一切你都能够随意使用，但是不许你打开这道门，不然你会后悔的。"

宰相带着法官和证人过来了。青年仔细地打量她们，她们都是很老的女人，全都长发披肩，一副非常庄重严肃的架势。女王宣布婚礼正式开始，令人准备丰盛的宴席，很多人都来祝贺他们，盛况空前。

青年和女王结婚以后，夫妻恩爱和睦，日子过得非常

幸福，就这样一直过了七年。

「智慧引路」和女王结婚后幸福无忧的生活也没能抵挡住青年内心的好奇，他还是打开了女王禁止他打开的那道门。其实在我们的生活中也有这么一道道无形的门，若是罪恶之门，就坚决不能打开。

*七年后的一天，他想起女王曾经告诉他的那道门，自语道："门里面肯定藏着极为精美的宝贝，否则的话，怎么会不让我开那道门呢？"于是他下了决心，走过去，坚决打开了那道房门。*但他进去看了看，却什么宝贝都没有，里面只关着一只七年前把他抓到岛上的那只雕。

大雕看见他进来了，对他说道："不听忠告的倒霉家伙啊！你不会再受到欢迎了。"

听了它的话，青年回头就往外逃，大雕很快就赶上他并抓住了他，飞腾入空，飞了一个钟头左右，把他扔在了一处海滨，就是七年前他待过的那个海岸。做完了这一切之后，大雕就展翅离去了。

「专家解疑」发号施令：发布命令；下达指示（多含贬义）。

身在海滨的青年醒过来以后，独自坐在海边，回忆着在女王宫里发号施令的荣耀和掌控天下的喜悦，不住地后悔伤心。他热切盼望能够回到妻子那里去，于是他一直待在海边苦苦观望，一直等了两个月，却什么结果也没有。有一天深夜，他非常忧愁，失眠一直缠绕着他。忽然他听到一个声音对他说话，他不知道声音是从什么地方传来的，那个声音对他道："你以后只能忧愁了，失去的东西想要再得到，哪有那么容易啊！"

「哲理名言」失去的东西想要再得到，哪有那么容易啊！

听了那几句话之后，他明白自己已经没有希望回到以前与女王重叙旧情了，便非常伤心，悲哀不已。虽然这样，却也没有任何办法。他回到七年前和老人们一起居住的房子里，忽然一切都想明白了。当初老人们的遭遇不是和自己的一样吗？这大概就是他们忧愁、伤心哭泣的缘故吧。

「名师点拨」他没有忍住好奇，终于推开了那扇门，而且也解开了老人们忧愁、哭泣的原因，只是此时他也变得和他们一样忧愁、整日哭泣了。

然后他就一个人居住在那所房子里，开始了他寂寞冷清、忧愁困苦的生活，他每天都不停地悲哀哭泣。

从那之后，他便终身不笑，一直到他死去。

名家品评

老人去世之前，因为有外在的约束，青年可以抑制住自己的好奇，而没有询问老人们哭泣的原因，但当老人死后，他就难以抑制自己的好奇打开了那道秘密之门，之后又在好奇心的驱使下打开了女王禁止他打开的那道门。由此可见，人们真正应该学习、应该拥有的是内在的约束，面对未知的诱惑要有判断力和自制力。

阅读思考

1. 原本富有的青年为什么变得穷困潦倒了？
2. 老人们为什么哭泣？
3. 女王所在的国家有什么特点？

重点测试

一、填空题

1.《阿里巴巴和四十大盗》中开启藏宝洞门的咒语是__________。

2. 阿里巴巴在__________的帮助下战胜了四十大盗。

3. 在《一个女人和五个男人的故事》中，妇人把__________、__________、__________、__________和__________分别锁进了五层柜橱里。

4. 哈扎兹撒谎说努尔美是他花__________金币买下的女奴。

5. 哈利法第一次遇见国王时，把他当成了一个__________。

二、选择题

1. 在《三个苹果的故事》中，杀死那个女人的是（　）。

A. 黑奴雷汉　　B. 黑奴雷汉的朋友

C. 那个女人的丈夫　　D. 那个女人的父亲

2. 哈利法总共抽了（　）次签。

A.1　　B.2

C.3　　D.4

3. 在《此生不笑之人的故事》中，老人死后第（　），青年推开了那道门。

A. 七天　　　　B. 八天

B. 七年　　　　D. 八年

三、判断题

1. 阿里巴巴前后四次识破了强盗的诡计。（　）

2. 偷走狗食盆的人最后变成了一个富有的人。（　）

3. 在《一个女人和五个男人的故事》中，妇人为了救她的丈夫而将那五个男人骗进了柜橱。（　）

4. 聂尔曼和努尔美分开后因为思念对方而双双病倒。（　）

5. 哈利法的邻居都不喜欢他。（　）

四、简答题

1. 结合本书中所选的故事，简析一下《天方夜谭》的艺术特点。

2. 传说《天方夜谭》一书是怎么诞生的?

答案

一、填空题

1. 芝麻，开门吧

2. 马尔基娜

3. 警察署长 法官 宰相 国王 木匠

4. 一千

5. 吹笛儿的

二、选择题

1. C

2. C

3. A

三、判断题

1. ×，是马尔基娜识破了强盗的诡计。

2. √。

3. ×，是为了救她的情人。

4. √。

5. ×，哈利法的邻居对哈利法非常照顾，是喜欢他的。

四、简答题

1.《天方夜谭》是阿拉伯人民艺术才能和创造性的结晶，有如下四个特点：

第一，浓郁的浪漫主义色彩。如会说话的猴子、有灵性的狗，等等。这些神奇的事物都是劳动人民智慧的结晶，表达了人们征服自然、改造社会、战胜邪恶势力的积极进取的精神。

第二，情节曲折离奇，结构灵活简便。如《三个苹果的故事》中寻找杀人凶手的过程一波三折；又采用“框形结构”的艺术结构形式，由一个故事引出另一个故事，杂而不乱，层次分明。

第三，鲜明的对比。故事中众多人物善、恶、美、丑特别分明、醒目，形成鲜明的对比。如《阿里巴巴和四十大盗》中机智的马尔基娜与愚蠢的强盗，通过对比来突出其性格特征，对比中饱含着作者爱憎分明的思想感情。

2. 相传古代印度与中国之间有一个萨桑国，国王山鲁亚尔生性残暴嫉妒，因王后行为不端，将其杀死。此后每日娶一少女，翌日早晨便杀掉，以示报复。国王这样的行为持续了三个年头，他杀掉了一千多个女子。后来宰相再也无法为国王山鲁亚尔找到新娘了，宰相的女儿山鲁佐德为拯救无辜的女子，自愿嫁给国王。聪明的山鲁佐德用讲故事的方法吸引国王，每夜讲到最精彩处，天刚好亮了，使国王爱不忍杀，允许她下一夜继续讲。她的故事一直讲了一千零一夜，国王最终被感动了。国王将这些故事命人记录下来，永远保存，于是就有了这本书。